JN223590

子規の句碑

谷川　俊

中国・大連に再建された子規の句碑（右は著者）

金州城にて　　　　　　　　子規
　行く春の酒をたまはる陣屋哉

昭和 15 年、建立当時の句碑

子規の句碑

目次

まえがき

わが国には古来多くの優れた随筆・エッセー集がある。近年になってからでも黒柳徹子の『トットチャンネル』、永六輔の『大往生』、養老孟司の『バカの壁』などが多くの読者を獲得している。それは我々の記憶に新しい。そして今回、谷川俊氏の『子規の句碑』である。

著者谷川氏と私であるが、めっぽう腕相撲の強い新聞記者、というのが最初の出会いであり、第一印象であった。それもそのはず、学生時代は砲丸投の兵庫県代表選手として旧神宮競技場（現オリンピック競技場）に出場、八十三歳になる今もマスターズ陸上の選手として活躍している猛者である。その谷川氏が読売新聞の金沢支局長時代、私の父、中西舗土の指導を受けて俳句を詠んでいたとは全く知らなかった。それを知ったのは、我々の俳句結社「雪垣」の新年会の席上で、氏が東京本社に戻られてかなりの時間が経ってからのことだった。

このエッセー集は、俳誌「雪垣」に平成十三年から同二十九年までの十七年間、百九十六回にわたって連載されたものの中からの五十篇である。「雪垣」主宰の舗土は、昭和四十七年の創刊以来、俳人は俳句一辺倒ではなく、文章を書く力も必要であるとして、それを奨励してきた。そしてその中で谷川氏の随筆・エッセーを得た。ここに収録されなかったものも含めその一篇一篇は、新聞記者時代と同じように自らの足を使い、汗を流して書いたものなのだ。

そのような珠玉の百九十六篇を、むりやり五十篇に絞る役目を仰せつかってしまったのである。なんと恐ろしい作業であったことか。おそらく桃太郎のように「気は優しくて力持ち」の氏には、愛すべき作品の多くを、自らの手で葬ることなど出来ないことだったのだと察する。

では、どのような基準で五十篇を選んだのか、と問われれば返答に窮するのみである。私は力持ちではないが、気は優しいと自負している。時折、扇風機で原稿を飛ばして、その飛距離で選びたくなった。それほど甲乙つけ難い一篇一篇であった。読み進むうちにそれぞれに愛着がわき、取捨選択が極めて困難になった。しかし勇気を出して言えば、心がより強く反応したものを選んだ、ということでご理解いただけるだろうか。

今年に入って第二句集『鰤起し』に続く今回の『子規の句碑』の上梓である。谷川氏には多忙な一年であった。心身をいたわり、少しゆっくりして頂きたいと思っている。

令和元年九月

中西石松

子規の句碑

子規の句碑

ＮＨＫで「中国・大連市金州区で正岡子規の句碑が再建された」というニュースが流れた。戦後の混乱期に引き倒され行方不明になっていた子規の句碑が、平成十年、半世紀ぶりに発見され、金州区政府によって再建されたという内容だった。「句碑発見」の話は聞いていたが、再建されたと知って大連行きを思い立った。不死鳥の如く甦った句碑をこの目で見たかった。一月下旬のある日大連に向かった。

金州は大連の中心部から北三十キロにある古都である。大連に到着後、直ちに金州へ向かった。市街地にある金州博物館で許可をもらい、王明成館長の案内で句碑が置かれている清朝時代の「副都統衛門跡」へ行った。

副都統衛門跡の建物は、長い間金州区の公安部（警察）が使っていたが、老朽化が進んだので公安部は他の場所に移転した。残された建物は全面改修中。歴史的な建物であり、完成後は金州博物館の別館としてオープンするという。

敷地は幅三十メートル、奥行き百五十メートルほどで、この敷地内にいくつかの建物が並んでいる。すべてが朱塗り。北京の故宮博物院を小振りにしたような建造物である。高さ二メートルの句碑は、一番奥の庭に、東向きに建てられていた。東は、故国日本の方向である。

金州城にて

行く春の酒をたまはる陣屋哉　　子規

子規の直筆を拡大した碑面の文字は明瞭に読み取れた。「春」の一文字だけが半世紀の間に壊れたらしく、セメントで補修してある。句碑はここから三百メートル離れた場所の地中から発掘された。王館長は「土の中に埋まっていたのが幸いしましたね」といっていた。

金州に近い経済技術開発区で印刷会社を経営している池宮城晃氏は、発掘時のことを次のように話してくれた。

「句碑はかつての金州城内天后宮跡の小学校用地の地中に埋まっていて、平成十年一月、工事中に偶然掘り出されました。掘り出されたあと、しばらく放置されていましたが、近所の子供達が表面の泥を落として遊んでいるうちに文字が現れ、子規の句碑であることが判明しました」

なぜ中国の金州に子規の句碑があったのだろうか。

子規が残した「陣中日記」をもとに現地調査し『子規・遼東半島三三日』（短歌新聞社）を著した松山市在住の池内央氏の調べで、ようやくこの間の事情が明らかになった。

既に病を得ていた子規だったが、自ら名乗り出て明治二十八年四月から約一ヶ月間、反骨のジャーナリスト陸羯南が発行する新聞「日本」の従軍記者として日清戦争休戦下の遼東半島を取材した。当時、軍人や神職はきちんとした宿舎が確保されたが、新聞記者には宿舎など与えられず、金州に滞在中は城内の天后宮（現地人が信仰していた海の守護神の廟）に寝泊まりせざるを得なかった。雨露を凌ぐだけの場所であった。五月二日に近衛師団長付副官の旧松山藩主、久松定護伯爵から宴に招かれた。子規は松山出身。その時の喜びの気持ちを詠んだのが碑面の一句である。

天后宮の劣悪な環境での生活は、子規の病状を悪化させた。帰国途中の船内で大喀血、以後一時小康を得るものの、これがきっかけとなって不帰の客となる。

句碑ができたのは、子規没後三十八年の昭和十五年。当時大連にあった「平原俳句会」と、金州、大連、旅順の愛媛県人会が協力して、子規ゆかりの地、金州城内の天后宮に建立した。選句は高浜虚子。子規が遼東半島到着時に詠んだ〈大国の山皆低き霞かな〉も候補にあがったが、最終的には「行く春の…」になった。

この句碑は、わずか五年の命だった。昭和二十年八月の終戦と同時に、中国人の間で日本の遺物を破壊する風潮が広がり、子規の句碑も引き倒された。昭和二十二年の秋、句碑建立に尽力した平原俳句会会員の森脇襄二（医師）が、碑面を下にして倒されているのを確認している。森脇医師は昭和二十三年にも倒されたままの句碑を見ているが、翌年、同医師も日本へ引き揚げ、その後句碑は行方不明になっていた。

句碑発見後、池内氏らが金州区当局に保存を熱心に働きかけ、今回これがかなったわけである。

一度壊された日本の遺物が、中国側の手で再建された例はあまりない。それというのも、子規は三十三日間の遼東半島滞在中、戦火に追われた現地中国人の悲惨な姿に同情する詩をつくった事が中国側にも知られており「君死にたまふこと勿れ…」の与謝野晶子と並ぶ平和主義者として子規が評価されているからである。

中国でも俳句ファンは少なくない。金州では子規の句碑再建をきっかけに、毎年日中両国の俳句愛好者が集まって、子規を偲ぶ句会が開催されているという。

一月の大連は厳寒期である。金州も寒かった。しかし、句碑の前ではなぜか全く寒さを感じなかった。コートを脱ぎ捨てて写真を撮りまくった。中国側の手で句碑が再建されたことに感動した。案内の王館長に「ご厚意に感謝します」というと、館長は「句碑が再建出来て私達もうれしい」と何度も握手を求めてきた。温かい大きな手だった。


（「雪垣」平成14年4月号）

コラムの鬼

志賀直哉や永井龍男は短文の名手といわれ、その文章は私達の手本だった。先輩はよく「二人の文章を書き写せ」といった。文を書く「いろは」は、大工や料理人と同じくものまねから始まる。それに自らの知識、センス、こころなどの要素を加えて、自分自身の文章にする。プロとして通用する物書きになれるかどうかは、その人の努力と運次第である。

細川忠雄という短文のプロがいた。綽名は端正な風貌からバロン（男爵）。読売夕刊コラム「よみうり寸評」を十四年間書き続けた人で、六冊の著書を残した。

東京外語学校（現東京外国語大）仏語科を卒業後、東京都庁の前身である東京市役所に就職したが、六年後、新聞記者に鞍替え。東南アジアや上海の特派員として活躍したあと、渉外部長、文化部長、論説委員を歴任したという変わり種である。細川さんが書く「寸評」は毒舌にして洒脱。多くの「寸評ファン」をつくった。

コラムニストの元祖といえば、百年ほど前、朝野新聞の「雑録」を書いていた成島柳北を思い出す。柳北が筆をとると、たちまち新聞が十倍売れた、という伝説の人である。御手洗辰雄のことばを借りると、細川さんは「柳北の再来」であった。

詩人の高橋信吉は、細川さんの著書の序文でこう述べている。「細川忠雄の寸評は僅か五百余字の短文ながら、珠玉の短編小説や随筆を読むほどの充実感を覚える。彫琢された文章の底に流れる詩情とユーモアと風刺は、瞭かに作家の目と詩人の心で書かれたものである。〈一顧すれば茫たる歳月である。双びんとみに白く、机にしがみつく作業で背骨もとんと曲がった。痩せた肩はそびやかしているつもりでも、秋風に吹かれ時雨をうける〉——心憎いほどの描写である。そのまま絵にもなるだろう」。

私がまだ駆け出しの記者だった頃、社内で時折細川さんを見かけた。志賀直哉、永井龍男の文章とともに細川さんの「寸評」を書き写して文章の息づかいを身に着けようとしていた私にとっては、太陽のようにまばゆい存在であり、遠くから眺めることしかできなかった。飄々と社内を歩く姿には「哲人」の風格があった。ある時、思いがけなくあこがれの細川さんと直接話す機会がやってきた。

昭和四十三年の暮れ。当時大学紛争が荒れ狂っていた。社会部記者だった私は連日その取材に追われていたが、ある日うかつにも学生が立てこもる建物へふらり入り込み、殴る蹴るの暴行を受け、負傷してしまった。一週間の入院。各新聞はこれを事件として報道、細川さんもその事をコラムに書いた。

退院したあと細川さんに電話をした。事件に巻き込まれたことを詫びるためだった。「明日の朝九時、わが家に来い」とおっしゃる。東京・三河島の家を訪ねると、ちょうど着替えの最中だった。

毎朝四時に起きて各紙朝刊に目を通し、それから「よみうり寸評」の原稿に取り組む。五百字あまりの原稿を書くのに三、四時間かかる。奥様によると、冬でも額にあぶら汗をにじませてウンウンうなる。一字一字力を込めて書くので普通の原稿用紙では破れてしまう。だから画用紙で作った特注の原稿用紙を使用する。鉛筆を真っ直ぐ立て、まるでノミで木版を刻むように書く。ある人はそんな細川さんの姿を見て「コラムの鬼」といった。それでいて完成した原稿は苦悶のあとなどみじんも感じさせない、流れるような文になっているのである。

午前八時には、新聞社からお使いさんがオートバイで原稿を取りにやってくる。その頃には全身汗だく。奥様が着替えを手伝う。私はそんな時間にお邪魔したのであった。「新聞記者が新聞記事になっては洒落にもならない。君は記事を書くために事件の現場にいるのだ。事件に巻き込まれては記事が書けなくなるだろ?」とお説教を食らった。「まあいい。俺の本を一冊進呈しよう」と私の目の前で著書の中表紙に書いてくださった「細川忠雄」のサインは、まるで折れクギのような、下手な字だった。

あとでわかったことだが、既に食道ガンが進行、各所への転移も始まっていた。案の定、一年後に「コラムの鬼」はあっけなく他界した。私にとっては、この時の面会が、文字通り最初で最後となった。

病院のベッドで、意識が混濁する中でもまだコラムを書いているつもりだった。死の前日、奥様に何かを要求する仕草をした。「これですか」と紙と鉛筆を差し出すと、細川さんは微かに頷いて、紙の右上に「川」の字のようなものを書いた。原稿の一枚目を意味する「(1)」だったらしい。享年六十歳。獅子文六は「君はこの老人を置いて先へ行ってしまった。何をそんなに急いだのか」と嘆いた。

文章の達人は詩歌にも優れているといわれる。細川さんは俳句をよくした。俳号は綽名をもじって「馬論（バロン）」。

細川馬論が小学四年の時に作った俳句。

春風やいななく駒の声の幅

私が好きな「馬論」の三句。

ゆきゆけば時雨に宿もありぬべし　馬論
新涼や灯れば木立浅からず　〃
貧しさは買物籠に夕しぐれ　〃

（「雪垣」平成15年5月号）

犀星俳句と朝子さん

それまであまりに偉大で遠い存在だった室生犀星が近くなったのは、室生朝子さんに出会った時からだった。私が金沢に住んでいた昭和六十年頃のことである。

朝子さんは犀星がかつて住んでいた東京・大田区に居を構えていたが、年に三、四回、犀星の墓参りや取材で金沢を訪れていた。そしてその都度、竪町にある茶房「犀せい」に現れた。「犀せい」オーナーの村井幸子さんに紹介されて以後四、五回お話を聞く機会を得た。きさくで上品な方だった。酒を飲まない朝子さんは、コーヒーゼリーを何より好んだ。

よく知られているように、朝子さんは犀星の長女で、犀星の代表作『杏っ子』のモデルである。犀星研究家兼エッセイストの朝子さんには、多くの著書があるが、ある時彼女自身の解題による犀星の著書『故郷の町、蟲姫日記』という私家本を頂戴した。犀星自身の筆による原稿を復刻して和綴じにした豪華本である。裏表紙に犀星の俳句が九句出ていた。

花杏はたはたやけばかすみけり　　　犀星

螢くさき人の手をかぐ夕明り　〃（他七句）

犀星が俳句を作っていたということは無論知っていたが、犀星といえば「ふるさとは遠きにありて…」であり「うつくしき川はながれたり…」であり、『杏っ子』『性に目覚める頃』『あにいもうと』であった。俳句と犀星の結びつきは、知識としてはあったものの、それは観念的なものでしかなかった。

この九句を見てドキリとした。色がある。匂いがある。感触がある。図書館へ行って「犀星句集」を開いてみた。犀星の俳句は聴覚あり味覚ありで、鋭く五感をとぎすませた独特の世界である。

春の夜の乳ぶさもあかねさしにけり　犀星

炭俵に烏樟匂ひ雪解かな　〃

同じ色でも「色気」を連想させる句で思わず笑みが漏れる。二句目、烏樟（しろもじ）の枝ごと刺さっている炭俵を担いでいるのは、はちきれそうな若い娘に違いない、とは俳人、石原八束の解釈である。

沓かけや秋日にのびる馬の顔　犀星

沓かけ（沓掛）は、軽井沢近くの宿場。ただでさえ長い馬の顔が、夕日に照らされて更に長く伸びたように見えた、という犀星らしいとぼけたユーモアだ。

犀星の俳句に興味があった東北学院大の久保忠夫教授は、ある時、俳人、中村草田男に「犀星の句はどうですか」と聞いてみたという記述が、その著書『室生犀星研究』(有精堂)にある。草田男は即座に「ええ、いいですよ。僕は好きだなあ。雑誌を出すときお願いして寄稿してもらいました」と答えたという。

一般が考えている以上に俳句を含めた犀星の評価は高い。文芸評論家の奥野健男は、五十年、百年後に生き残るのは間違いなく犀星文学である、としたうえで「室生犀星の書いた文章は、詩であれ、俳句であれ、小説であれ、随筆であれ、必ず生きている。死んだ文章はただの一行もない。失敗作は少なからずある。構成の破綻したもの、物語が途中から飛躍したり変貌してしまったもの、尻切れとんぼで終わってしまったものもある。しかしそんな失敗作でもその文章は生きている。犀星にしか書けぬ生きた文章である」とまで言い切っている。

犀星は俳句に始まり、俳句に終わった人、と朝子さんはいう。どこの結社にも属していなかったため、四冊の句集以外は新聞、雑誌に掲載された句、あるいは親しい人への書簡に書いたものなどである。朝子さんは六年に及ぶ驚異的な努力でそれらを調べあげ、昭和五十二年に『室生犀星句集魚眠洞全句』(北国出版社)を上梓した。それによると、犀星は明治三十七年に北國新聞の俳句欄に初入選以来、途中明治四十五年から大正十二年までの空白はあるものの、他界する前年の昭和三十六年まで、実に千七百四十七句を作り続けていた。手元にある『風生歳時記』(東京美術)には十句が、『新編俳句歳時記』(講談社、全五冊)には二十三句が例句として出ている。趣味の域を越えた堂々たる「俳人犀星」である。生涯を通して俳句に打ち込んだ姿がはっきりうかがえる。

にもかかわらず犀星の俳句は、一般にはあまり知られていない。故郷である金沢でも「代表的な犀星の句は？」の問いに答えられる人はそう多くない。これは残念である。犀星文学の「生きた文章」をはぐくんだ大地のような犀星俳句に、私達はもっと多くの関心を持つべきではないか、と思っている。

室生朝子さんは、平成十四年六月十九日、呼吸不全のため他界した。猪突猛進、忙しく立ち回る私のことを「突風斎」といってからかっていたあの声はもう聞かれない。死の直前まで、その開館に情熱を傾けていた金沢市千日町の「室生犀星記念館」。その記念館に先日訪れ、上映されていたビデオに登場する朝子さんの元気な姿を見て思わず涙ぐんだ。朝子さんは、石川近代文学館館長の新保千代子さんとともに私が所属する日本エッセイスト・クラブのメンバーだった。

私はまもなく二人が所属していた日本エッセイスト・クラブの事務局長になる。不思議なめぐり合わせである。

（「雪垣」平成15年7月号）

擬音語・擬態語

「グオオオオ」「バキューン」「ビシュッ」「んがああ」「ズサッッツ」「バシュッ」「びゃん」「うるうる」…。大人も読んでいるコミック雑誌を数ページめくってみた。音や状態を表す、いわゆる擬音語・擬態語が氾濫している。

コミック本の擬音語・擬態語全てが、将来も日本語として定着するかどうかはわからない。泡沫の如く消えるものもあるに違いない。それでも新語が出現する。日本人は擬音語・擬態語を作り出す天才かもしれない。

外国でも、無論擬音語・擬態語はある。例えば英語では、犬の鳴き声は「バウワウ」、猫は「ミャオ」、雄鶏は「クックドゥドゥルドゥー」である。スペイン語になると「グァウグァウ」「ミャオ」「キキリキー」、中国語は「ワンワン」「ミァオ」「クゥクゥクゥー」だ。

しかし、日本語ほどの数はない。外国語の擬音語・擬態語は日本語のそれの三分の一から五分の一程度である。だから日本語で書かれた小説を外国語に訳す場合、翻訳者は頭を痛めることが多くなる。

ご存知、吉川英治の『宮本武蔵』。こんな場面はどうだろう。「タタタタタと小次郎は低地へ降りていった」。これを英語に訳すと「小次郎は素早く斜面を降りていった」（和英擬音語・擬態語翻訳辞典、金星堂）という、ごく当たり前の表現になってしまう。「タタタタタ」という日本の擬態語のニュアンスを伝えるのは、英語では至難のワザのようである。

最近、擬音語・擬態語に関するユニークな本が出版された。山口仲美さんが書いた『犬は「びよ」と鳴いていた―日本語は擬音語・擬態語が面白い』（光文社新書）だ。山口さんは埼玉大学教養学部教授。平安文学が専門の学者だが、この本は一般向けに平易な文章で書かれていて肩がこらない。表題通り、とても面白い。

山口さんが擬音語・擬態語に興味を持ったのは、平安時代に『大鏡』に出てくる犬の鳴き声が「びよ」であったことがきっかけなのだそうだ。調べて行くうちに、江戸時代の中頃までは犬の鳴き声は遠吠えの「びよ」とか「びょう」であったことがわかった。平安時代は、言葉に濁点をつける習慣がなかったから、「ひよ」は実は「びよ」だったのではないか、と山口さんは思っている。その犬が「わんわん」と鳴くようになるのは江戸の初期からだという。従って江戸時代の前半は「びよびよ」と「わんわん」が併用されていたことになる。

そういう目で古典を読んでいくと、雄鶏の鳴き声も江戸時代は「とうてんこう」「とっけいこう」

「とってこう」であったし、人が笑う様子は、平安時代末期には「にここに」（ニコニコではない）として現れる。現在の「ニヤニヤ」「ニタニタ」に当たる。

擬音語・擬態語は、今では相当研究されていてそれなりの専門書も多く出版されている。が、山口さんの著書は時代による変化に注目して、縦軸に視点を置いている点、興味がつきない。山口さんも指摘しているように擬音語・擬態語の強みは、脇役ながらその言葉だけで様子が目に浮かぶし、またそれが日本語を豊かにし、幅広いものにしている点である。これらはまた、古くから短歌、俳句にも使われてきた。中には名詞として定着し季語になっているものさえある。ことに俳句では、私達が考えている以上によく使われている。

前田普羅著『渓谷を出づる人の言葉』にもある。

西瓜食ふやハラリノ＼と種を吐く　　普羅

「富山県入善町付近は黒部西瓜の中心地だ…句会のため前夜から井戸に冷やされた西瓜が、句に倦んで来た折り、雫を垂らして持ち出される時、睡魔は立ち所に退散し、明朗を極めた天地がひらかれる」との説明が加わっている。

句会など公衆の面前では、西瓜の種は「ハラリハラリ」と品よく吐き出さなければひんしゅくを買ってしまう。

「雪垣」の中西舗土主宰も、擬音語・擬態語を時折使っている。句集『黎明』にも何句かが掲載されているが、そのうちの一句。

　ほつほつと沈丁咲けり風邪一家　　　舗土

「ほつほつ」という擬態語で、甘い香りを漂わせながら咲き始めた沈丁花のある庭の風景がはっきり見えてくる。

これまであまり意識していなかったが、改めて調べてみて、名のある俳人も好んで擬音語・擬態語を使っていることがわかった。しかも見事な使い方である。

　ひやひやと朝日さしけり松の中　　　子規
　ほろほろと泣き合ふ尼や山葵漬　　　虚子
　雉子の眸のかうかうとして売られけり　楸邨
　病僧やかさりこそりと年用意　　　茅舎
　へろへろとワンタンすするクリスマス　不死男
　もりもり盛りあがる雲へ歩む　　　山頭火

擬音語・擬態語が豊かな国に生まれてよかった、と思う。現在氾濫しているものもやがては自然淘汰され、良いものだけが生き残り定着していくことだろう。

（「雪垣」平成15年9月号）

満洲唱歌

寒い季節になると、決まって口をついて出てくる歌がある。「わたしたち」という歌である。

「寒い北風吹いたとて／おぢけるやうな子供ぢゃないよ／満洲育ちのわたしたち」

家内は「またか」といった顔をしている。

家内ばかりでなく、多くの人が知らないこの歌。実は「満洲唱歌」なのだが、私はほかにも十曲くらい知っている。中国・東北部遼東半島（当時は関東州）大連にいた子供のころ、いつの間にか覚えたものだ。誰から教わったかの記憶もない。だが、戦後半世紀を過ぎた今でも、影のように私につきまとっている歌なのである。

最近『満洲唱歌よ、もう一度』（扶桑社）という本が出版された。ある新聞社が満洲唱歌に関して、何回かの特集を組み、それをもとに担当記者が書き下ろしたものだ。私が何気なく歌う歌は、すべてこの本に出てくる。今まで知らなかった歌の由来なども詳しく記述されていて、大変勉強になった。

戦前の日本の小学校では、文部省が制定した唱歌が歌われていた。一方満洲（中国東北部）には、明治の半ばころから日本人が移住を始めた。私の父も、中国人が経営する貿易会社に就職して大連に渡った。明治三十年代のことである。

そこで生まれ育った私のような子供は、日本本土（当時は内地といった）を知らない。文部省唱歌を聞いてもピンとこない。あまりにも風土、風景の異なる世界だったからである。例えば満洲の子供には「二重窓」「ストーブ」「粉雪」「爆竹」「マーチョ（馬車）」は身近なものだが、内地では当たり前の「村の鎮守」「小鮒」「蓑」「田植え」「わらじ」などは見たこともないし、想像すらできない。

岩波ホールの支配人、高野悦子さんは、大連と奉天（現瀋陽）で小学生時代を過ごした。学校で「今は山中今は浜…」で始まる内地の唱歌を習った時、不思議で仕方がなかったという。満洲の鉄道は、行けども行けどもだだっ広い平野。コウリャン畑が延々と続く。山も浜もトンネルもない。「内地で汽車に乗った時、あの歌が作りごとではないことがよくわかった」と高野さんは言っている。

実は、私も昭和二十二年に日本へ引き揚げてきたのだが、満洲と全く違う内地の風景にびっくりした。引揚船が着いた冬の舞鶴港で、まるでお餅のように屋根に積もった雪。大連では、雪といえば粉雪で、強い風に吹き飛ばされ屋根には積もらない。道端に吹き溜りが出現するだけである。

このように全く違った風土の中で生活する満洲の子供達には、満洲の状況に合った唱歌を歌わせたほうがよい、と満洲の教育者は考え始めた。これが満洲唱歌の誕生につながったといわれる。

満洲唱歌が誕生したのは大正十三年。南満洲鉄道（いわゆる満鉄）と、日本が租借していた関東州の統治機関、関東庁が出資して設立した「南満洲教育会教科書編集部」というところが作った。それには北原白秋・山田耕筰といった内地の巨匠コンビが、特に満洲の子供達のために作詞・作曲した「ペチカ」「待ちぼうけ」が含まれている。のちに内地の小学唱歌にも登場した、この二つの唱歌は、もとはといえば満洲唱歌であったとは、私にとって初耳だった。

満洲唱歌が初めて改定されたのは昭和七年。このあたりから「満洲唱歌の父」といわれた園山民平ら満洲在住の作詞、作曲家が作った「地場産」の唱歌が、それまでの内地の巨匠作の唱歌にとってかわって行く。「わたしたち」「こな雪」「娘々（にゃんにゃん）祭」「たかあしをどり」「爆竹」などがそうだ。

それも長くは続かなかった。太平洋戦争が始まって以降、満洲唱歌は徐々に姿を消し、昭和十七年の改定では満洲の文字がなくなって「ウタノホン上・下」に変わった。中身も満洲の匂いが消され、殆どが内地の歌に置き換えられた。満洲唱歌は全部で百曲ほどあったが、わずか二十年で姿を消した。

私が小学校（当時は国民学校だった）に入学したのは昭和十八年だから、学校で満洲唱歌は習わなかったはずである。でも、いくつかの満洲唱歌は知っている。兄や姉が歌っていたのを聞いて、自然に覚えたものに違いない。

満洲には、ロシア革命で追われた白系ロシア人、蒙古人、朝鮮半島の人々、満洲族、漢民族なども多く住んでいた。いわば多民族地区であった。満洲唱歌にはそれらの人々のことも登場する。当時日本人、特に日本軍部は満洲の「支配者」だったはず。しかし、満洲唱歌には軍国主義を賛美したり、日本以外の民族を侮蔑するような内容は皆無。むしろ満洲の風土、風習、行事を歌った、平和そのものの歌ばかりだった。

大連で生まれ育った人たちが作った「大連会」という団体がある。私もメンバーの一人。会員七千人ほどのこの会は、毎年一回、ホテルのホールで懇親会を開く。そして必ず「満洲唱歌」が歌われる。

中国・大連市政府の要人も毎回出席するが、彼らは私達が満洲唱歌を大声で歌っても決していやな顔はしない。むしろ笑顔で聞いてくれる。満洲唱歌には差別や侮辱、支配者の匂いなど、かけらもないことを知っているからだろう。

軍国主義華やかだったあの時代に出来た満洲唱歌。満洲の教育者は偉かったと、『満洲唱歌よ、もう一度』を読んで、改めて思った。

（「雪垣」平成16年2月号）

プロ中のプロ

私が入社して間もない東京の新聞社での話である。雑然とした編集局社会部の一番奥に長いソファがあって、そこに一人の先輩記者が寝そべっていた。

先輩記者の名は「Hさん」としておこう。私より三つ年上程度なのに、すでに近寄り難い存在であった。売血の実態に迫り「黄色い血（売血）」追放のキャンペーンを新聞紙上で繰り広げ、国を挙げての献血制度に結び付けた記者として有名だった。私が新任の挨拶をすると、ソファで横になったまま、ジロリと私を見て「ま、頑張れや」とぶっきらぼうに言った。

Hさんはいつもソファ付近でごろごろしていた。夕方になると、いつの間にか姿を消している。夜十時過ぎには酔っぱらって戻ってきて、またソファで横になる。

それでいて、一週間に一度ほどびっくりするような記事を書く。いつ取材し、いつ書いているのかもわからない。私にとっては不思議な先輩記者であった。

何ケ月かたった冬のある日、事件取材で新潟の長岡へ行った。Hさんと一緒だった。事件が一段落した夜「ちょっとやるか」と私を赤提灯に誘った。長岡は雪が深い。ほろ酔い気分で雪道を歩いてホテルへ帰る途中、Hさんは突然真顔になった。

「ここから十メートル歩く間のことをホテルに帰ったらすぐコラム風にまとめろ。オレも書く。比べよう」

いっぺんに酔いが醒めた。何を書いたかは忘れた。Hさんの文は鮮やかに覚えている。道端の、雪に埋もれている鉢植えから水仙がそっと芽を出し、根のあたりの雪を融かしている。そんな何気ない光景を、自分の恩師の生き方に重ねた見事な一文だった。観察の大切さを、それとなく私に教えようとしたのだと思う。

のちのことだが、Hさんと仲が良かった作家の生島治郎は「どうやら彼と私の一番強い共通点は、共に外地生まれということらしい」と、ある本に書いている。生島は上海、Hさんはソウル生まれである。

私は、不思議なくらいHさんに可愛がられた。よく新橋の焼鳥屋、銀座の居酒屋に行った。理由はわからない。生島の文を読んだとき、そうだったのかも知れないと、半ば納得した。私も中国・大連生まれだからである。

Hさんも私も、共に外地生まれであることは知っていたが、当時はそんなことより私自身は、ただ凄い先輩として憧れ、爪のアカでも、と思っていた。

本社の社会部記者になって二年目。ミクロネシアのサイパン島を超大型台風が襲い、多くの島民が家を失った。日本で支援の募金活動が始まり、急遽建築材料を送る動きが出た。私は連日これを報道。現地の被害状況を確かめるため、サイパンへ行こうと思った。

その頃はまだ外国へ取材に出かけるなど、非常に難しい時代だった。社会部長に申し出たが、即刻却下。ところがHさんはものすごい剣幕で社会部長にくってかかった。「行かせてやれ！　若い奴を育てないでどうするのか！」。

社会部の一番の若造だったにもかかわらず、Hさんのお陰で私は海外取材という夢のようなチャンスをつかんだ。この実績が後日、グアムの横井庄一さん取材、ロッキード事件ではハワイ、アメリカ本土行き、欧州で福祉先進国の取材、そして五年間のリオデジャネイロ駐在とつながって行く。

Hさんは間もなくニューヨーク特派員になったが、意外に早く帰国してきた。顔色が冴えなかった。同僚とのトラブルがあったらしい。やがて社を去った。

辞表提出の夜、新橋の赤提灯へ行きHさんと二人だけで飲んだ。「オレは才能が溢れているからこうして会社を辞めて行く。食えるかどうか。でもやってみる。お前は可哀想な程才能がないから定年まで会社を辞めるな」とHさんは言った。ダンディズムにこだわる彼独特の言い回しだった。

その後、Hさんはノンフィクション作家として名をなす。だがノンフィクションは現場が生命。取材に膨大な時間とお金がかかる。彼の生活は楽ではなかったと思う。相当無理をしたのだろう。

その後、東京や大阪で何度か見かけたが、見るたびにやつれていくのがわかった。健康が心配だった。私が中南米特派員としてリオデジャネイロへ出発する直前、Hさんは私を銀座の近鉄大飯店に呼び出した。「ひとこと言っておく。間違っても仕事はするな」。仕事は、意気込めば意気込むほど、出来ないものだ、という意味だった。

『不当逮捕』『誘拐』『疵』などの作品をものにし、講談社のノンフィクション賞も受賞。立花隆をして「プロ中のプロ」と言わしめた。

だが、まもなく糖尿病になる。視力が極端に低下、その後足にきた。平成十二年に両足切断。大腸がんも見つかった。

死を覚悟したのだろう。「月刊現代」で『我、拗ねものとして生涯を閉ず』という自伝を掲載し始めた。病院のベッドでの口述筆記だった。この連載は四十六ヶ月に及んだ。そして「多臓器不全」という「老衰」に似た病名で死去した。

Hさんとは、本田靖春氏。一見無頼漢。自分のことを「すぼらな男」「由緒正しき貧乏人」と言いながら鋭い目で世の中を見、不合理なことには記者魂を発揮して徹底的に追及した人であった。私に「観察すること」の大切さを教えてくれたあの恐ろしくも優しかった先輩は、もういない。

（「雪垣」平成17年3月号）

ああ、南極大陸

新聞を見て驚いた。「南極観測　七十歳の挑戦」との見出しで、四十年ぶりに南極の昭和基地へ向かう古希を迎えたジャーナリストの記事が出ていたからだ。

柴田鉄治さん。元朝日新聞記者。定年退職後、国際基督教大で教鞭をとった、私より一歳年上の知友である。柴田さんは、昭和三十九年の東京オリンピックの翌年の同四十年一月、第七次南極観測隊に同行しているから、今回は四十年ぶり二度目のチャレンジとなった。

彼の専門は地球物理学だが、今回南極で観測をするわけではない。ジャーナリストとして、四十年前の昭和基地の姿と現状とを比べ、報道するのだという。

出発したのは平成十七年十一月二十八日。豪州西海岸のフリマントル港で、一足先に出発した南極観測船「しらせ」に乗り込み約二ヶ月間昭和基地に滞在する。出発前に柴田さんに会った。彼は南極に滞在中、七十一歳の誕生日を迎えるが、元気そのものでとても「古希」の人とは思えない。七十歳で観測隊のメンバーになったのは、日本の観測史上二人目だという。

滞在する二ヶ月間は、日本では冬だが南極では夏の季節。いわゆる「白夜」の世界で、一年を通じて最も美しい季節である。正直うらやましかった。

実は私も昭和五十七年十二月から翌年一月末にかけて南極へ行った。昭和基地ではなく、アルゼンチンやチリなどの基地を訪れた。柴田さんの話を聞いて、南極行きを、昨日のことのように思い出した。

私の場合は、ブエノスアイレスでアルゼンチン海軍が所有する一六、〇〇〇トンの砕氷船に乗り込み、南米最南端のウスワイア経由で南極へ向かった。この船に乗った私以外の外国人は、南アフリカ、ブラジル、中国各一人で、いずれも軍人だった。

南米大陸と南極大陸の一部である南極半島の間は「ドレーク海峡」と呼ばれる有名な難所で、南緯四～五〇度の海は「吠える四〇度」「泣き叫ぶ五〇度」などと呼ばれ、いつも暴風が吹き荒れている。船は、人工衛星から送られてくる天気図で低気圧の位置を確かめながら突っ走るのである。暴風圏にさしかかると、船は文字通り木の葉のように揺れ、操舵室も大波をかぶる。船体は軋み、何かにつかまらないと歩けない。アルゼンチン海軍の兵といえども船酔いに苦しめられる。

理由はわからないが、私は船酔いをしたことがない。揺れが大きいほど食欲が増し、三度の食事をペロリと平らげる。「セニョールは三半規管が壊れているのではないか」と乗組員達は不思議がっていた。

この暴風圏を過ぎると海は鏡のように穏やかになる。まもなく流氷の海と変わり、続いてちょっとした「島」くらいの大きさのテーブル型氷山が姿を現す。感動の一瞬で、砕氷船のデッキも歓声に包まれる。

私が訪れた南極基地の一つがアルゼンチンのエスペランサ基地だった。この基地は、南極半島を中心に数か所で展開しているアルゼンチン基地の中で最大のもの。赤いペンキで塗装した建物が三十棟ほどある。いずれもコンテナを大きくしたような鋼鉄製の建物で、強風で飛ばされないよう、何本ものワイヤーで固定してある。この基地には病院、教会、学校、郵便局まであり、人工太陽による野菜栽培も試みられていた。アルゼンチン政府は、毎年大勢の越冬隊員、子供連れを含む家族を基地に送り込んで、本国と変わらない生活をさせている。出産が近い妊婦も夫とともに南極基地へ居を移し、南極の病院で出産させている。アルゼンチンは南極の一部の領有権を主張し続けているが、これらはその実績づくりである。

南極大陸は、見渡す限り氷と雪と岩ばかりで、樹木は一本もない。植物といえば僅かなコケくらいである。海岸線近くには珍しい「迷子石」がごろごろしている。氷河が直径数メートルの石を呑み込み、何万年もかけて海岸線まで運び、夏の期間に氷が融けて石だけが置き去りにされたものだ。

太陽がほとんど沈まずに水平線を這うように移動する「白夜」は実に美しい。ただ困るのは、いつまでも明るいので眠るタイミングがつかめないことである。寝不足になる。あくびが止まらない。

これには参った。

「南極は、夏でも寒いのだろう」とよく言われる。確かに寒い。季節に関係なく風雪が襲ってくる。夏の気温は摂氏零度前後だが、気候が悪くなると突然、マイナス二〇度近くに下がり、命の危険さえ感じる。ただ寒さに馴れると、摂氏一、二度くらいで汗ばんでくることもある。こんな時はTシャツ一枚で外を歩き回る。

アデリーペンギンの営巣は圧巻。夏の期間数十万羽のアデリーペンギンが一か所に集まって子育てをしている。その営巣にいる雛をオオトウゾクカモメが襲う。親ペンギンも身を挺して雛を守ろうとする。生きるための激しい闘いである。

ああ、南極へもう一度行きたい。南極の魅力は行ったことがあるものにしか理解できないかもしれないが、地球上で大自然がそのまま残されたただ一つの場所なのだ。国境がなく、パスポートもいらない。

柴田さんの「古希の挑戦」は、私の闘争心を掻き立てた。確かチリの最南端にあるプンタレナスから南極行きの不定期航路があるはず。私も「卒寿」あたりで南極へ行けば「ジャーナリスト新記録」になるかもしれない。

南極の夢見し今朝の初氷　　俊

（「雪垣」平成18年2月号）

「ベーテル」のこと

「ベーテル」という文字を、東京・大手町で見かけた。世界的に有名なドイツの障害者施設「ベーテル」の入所者が描いた絵画展が、パレスホテルで開催されていたのである。私がベーテルに関心を持つのは、日本では忘れられがちな「愛」と「心」がここには脈々として存在するからだ。「福祉の原点」といってもよい。

ベーテルは正式名称を「ベーテル・フォン・ボーデルシュビング総合福祉施設」という。創始者であるキリスト教会牧師、フリードリッヒ・フォン・ボーデルシュビング師の名に由来する。「ベーテル」とはヘブライ語で「神の家」の意味。ドイツの東北部に「ビーレフェルト」という町があり、ベーテルは、そこに中核となる施設を持っている。

昭和四十八年、評論家の秋山ちえ子さん、「ねむの木学園」の宮城まり子さんらの後押しもあって、私はこの施設で介護の手伝いをしながら福祉を学んだ。

厳冬のビーレフェルト駅に降り立った。地図を見て、その方向へ歩いていったのだが、どうしても施設が見つからない。さんざん探したあげく、通りがかりの人に聞くと「あなたが居るこの場所がそうだ」という。

それもそのはず、ベーテルは東京ドーム七十五個分という広さの土地に作られた一つの「街」なのである。一般の市街地との間に、垣根や塀のようなものは全くなく、施設の建物は、市街地のそれと同じ形。施設の外の人たちも自由に利用できる病院、教会、スーパーマーケット、商店街、郵便局、ガソリンスタンドなども軒をつらねている。どこからベーテルなのか全くわからない。

私が訪れた当時、中核施設に住んでいる「てんかん」などの障害を持つ入所者は約五千人。その人たちをアシストするためにこの地区に住むディアコニッセ（修道尼）を含む職員も五千人だという。入所者はその後「アルコール中毒者」「ホームレス」なども加わって、一万人ほどになっているらしい。

一八七二年、創立五年目のベーテルへ責任者として赴任したフリードリッヒ師。彼がベーテルの基礎を築きあげた。フリードリッヒの死後は、息子のフリッツ・フォン・ボーデルシュビング師が継承、以後多くの人々によって百四十年の歴史が刻まれて行く。私はここで重症者のおむつ替えや、作業所で玩具づくりの手伝いをさせてもらいながらベーテルの福祉を学んだ。

感心させられたことが多かった。世界の福祉施設の多くは、直接、間接的にベーテルの影響を受けているそうだが「さもありなん」というのが正直な思いだった。

その一部を紹介しよう。

ベーテルは大きな施設だが、施設という感じがしない。障害者も街の人も一緒に暮らしているのである。施設内には多くの商店、公共施設があり、そこではてんかんを持つ人を含む様々な障害者が働いていて、それで収入を得ている。治療中の患者は医師によって投薬がきめ細かく管理されているので、問題はない。

ベーテルの中には冬でも楽しめる温水プールの施設がある。ここで障害者はリハビリに励むのだが、高齢者、子供を含む施設以外の住人も、ごく普通にプールを利用している。「開かれた施設」「バリアフリー」などという考え方が日本で広まったのはかなり後のことだが、ベーテルでは既に「当たり前のこと」として実行されていたのである。

ベーテルは、職業訓練の場であった。日本の施設とは、考え方が根本から違う。商店、自動車部品工場、ガソリンスタンド、おもちゃ工房など、約二千の業種が用意され、そこで社会復帰を目指して訓練を受けるのである。訓練中には報酬が出て医療費、居住費の一部にあてられる。保護が中心の施設が多い日本とは異なる。

こんな話も聞かされた。息子のフリッツが責任者をしていた当時のドイツは、ヒトラーが政権を握っていたナチの時代。ヒトラーはユダヤ人と共に障害者を「ドイツには不要なもの」として抹殺を試みた。ベーテルにも障害者を安楽死させるために「死の医師団」がやってきた。フリッツと修道尼たちは医師団に対し「入所者を殺すなら、まず我々を殺せ。世界中のキリスト教者がナチの敵に回るだろう」と立ちはだかった。その結果、医師団は手が出せず、ベーテルの入所者は一人も殺されずに済んだという。

フリッツはまた、施設の運営に対しても信念があった。第二次世界大戦でベーテルも爆撃に遭い、多くの施設が破壊された。世界中のキリスト教信者から、五十セント、一ドルといった小さな支援が、ベーテルに寄せられた。その時、アメリカの鉄鋼王カーネギーが百万ドルの寄付を申し出た。フリッツは丁重に断った。「ベーテルは、多くの人の心に支えられてほしいのです」。

ご存じの方も多いと思うが、世界中で使用済み切手が、ベーテルのために集められている。集められた古切手は、ベーテルの障害者が整理、分類し、世界の切手市場に送られる。それを切手収集家が買う。この収入が、今でもベーテルの重要な財源となっているのである。

日本の福祉は、最近なぜかお金が中心となって、肝心の「福祉の心」が忘れられ勝ちであるような気がする。もう一度、「ベーテル」の精神を学び直す必要があるのではないだろうか。

（「雪垣」平成18年6月号）

「心」の美しい国

大渡順二先生。

先生が彼岸に渡られてから二十年になろうとしています。私が新聞記者だった頃「福祉問題に取り組むなら、ヨーロッパの福祉先進国へ行って学んで来い」と励ましてくださいました。

先生は、家庭医学書や一日人間ドックで名が知られた「保健同人社」の社長であると同時に医事評論家としても名を知られた方でした。当時の日本医師会長、武見太郎氏に、患者の立場から真っ向から異をとなえ、論争を挑んだエピソードは、今なお語り草になっています。当時から先生は、日本をより良い国にするため、国民は何をなすべきか、そのことを常に提言しておられました。

残念ながら最近の日本は、先生の意に反するようなことが続いています。議員や公務員の税金無駄づかい、談合と癒着、汚職、学校では陰湿ないじめと自殺、高齢者や子供にたいする虐待、飲酒運転、ひき逃げ…。

安倍首相は「美しい国」を提唱しています。あえて「美しい国」を強調しなければならないとすれば、今の日本が「美しくない」状態だ、ということですね。

日本の何が美しくないか。先生はきっと「心だ」とおっしゃるでしょう。そうです。日本人は「心」を失いつつあります。自分以外の人を思う心、突き詰めていえば「命」を大切にする心だと思います。他人をわが身に置き換えて考えることができるなら、こんなひどい状態にはなりません。

知人のKさんが、先日台湾を旅行しました。Kさんによると、台湾では学校でのいじめなどはなく、若者が極めて礼儀正しいのだそうです。台湾の人は「兵役があるから」とその理由を述べました。兵役はなにも軍事訓練ばかりではありません。国や社会と自分との関係を学ぶ場なのだそうです。志願制、徴兵制など形はさまざまですが、若者が一定期間、軍隊に入って心身を鍛える機会を設けている国が世界では少なくないのです。

先生に後押しされて、ヨーロッパへ福祉の勉強に行った私は、ドイツの福祉施設で働く「徴兵拒否」の若者に出会いました。当時ドイツでは、徴兵は拒否できるかわりに、兵役と同じ期間、福祉施設などで働く義務がありました。無論、兵役の場合と同じ報酬が支給されたそうです。

日本には自衛隊はありますが、軍隊がなく徴兵制度もない。先生は昭和五十一年に、毎日新聞紙上で「福祉兵役」を提唱されました。ドイツなどに見習って、若者に一年くらい福祉施設でのボランティア活動を義務付けては、というものでした。

先生の提唱は、残念ながら「兵役」という言い回しに拒否反応が出て、そのままになってしまいました。でもあの時先生の考え方を取り入れていれば、日本は今のような社会にならずに済んだのではないかと、ふと考えます。

私自身、日本やヨーロッパの社会福祉施設で、死に直面したお年寄りや重い障害を持つ子どもたちのお世話など体験的な学習を通じて「命とは何か」「人間とは何か」ということが、少しわかってきたような気がします。理屈や知識ではありません。体験しないとわからないことの一つだと思います。いじめの問題についても同じです。教師、親が「自己中心的」な考えを優先させ、他人の命や弱い立場の人間を思いやる姿勢が希薄だったためではないでしょうか。教師や親がそうなら、子供達もそのように育ちます。

先生。日本にはやはり「福祉兵役」的な方法は必要であるように思います。「命を学ぶプログラム」という呼び名でもかまいません。若い時代、例えば高校を卒業した直後、就職、大学進学の前に半年なり一年の間、施設で命の尊さを学ぶ機会を作り、それを学ぶのが国民の義務のような形にすることです。「命の尊さ」を体験的に学んだ人たちが日本のリーダーになり、教育者になり、親になっていけば、日本も相当変わるでしょう。施設に行ったとき、介護について学んでもらい、「ホームヘルパー」の資格を与えるのも一つの方法だと思います。無論この間、ある程度の収入が得られるようにすることが必要です。また、定年退職者や、疲れたサラリーマンなども、希望すればこのプログラムに加わることができればいいですね。

福祉施設の側も、こうした人たちを積極的に受け入れてほしいと思います。ともすれば閉鎖的になりがちな施設。時には入所者や入居者に対しての虐待が問題になります。また経営面を優先するあまり、手抜き介護、設備の不備などが横行しがちです。ボランティアや研修者といった外部の人たちが、自由に出入りできる施設は風通しの良い「開かれた施設」であり、虐待などが行われていない「証」でもあるのです。

先生の数多い論文・評論は、ご子息の大渡肇氏によって『病めるも屈せず』『私の砂文学』『心をひらく』という三冊の遺稿集にまとめられました。「世直し」のアイデアがふんだんに入っていて、今更ながら先生の先見性に感服しています。先生の遺稿集は、私のバイブルでもあります。すさんだ世の中ですが、今後ともどうか彼の国からご指導くださいますように。

寒月や世を見据ゑたる遺稿集　　俊

（「雪垣」平成19年4月号）

木の文化

日本の緑の山はいい。春夏秋冬それぞれのおもむきがある。特に海外旅行を終えて成田空港に近づいた時、窓から見える山々に感動する。夏にかけての見事な緑。秋の紅葉。「ああ、日本の山だ。日本に帰ってきた」と思う。

外国は、概して赤茶けた山が多い。もちろん緑に覆われた山もあるが、どこか日本の緑と違う。アマゾン川流域や東南アジアでは、確かに緑が広がってはいるが、なんとなく一面的だ。変化に乏しいといってもいい。

アジア・モンスーンの中にある日本は、豊富な雨と温暖な気候、起伏に富んだ地形のおかげで、世界でもまれにみる美しい光景を作り出してきた。そして、森の緑は、林業に携わる人たちによる植樹や下草刈り、枝払いなど普段の努力によって支えられてきた。

私の知人で、宮城県・唐桑町に住む漁師、畠山重篤さん。気仙沼湾で牡蠣、ホタテの養殖をしている。『漁師さんの森づくり』の著書で有名になった人だ。最近テレビにも登場しているので、ご存知の方も多いと思う。

牡蠣やホタテは「汽水」といって海水と川の水が入り混じった所で育つ。気仙沼湾の一部水域は、この「汽水」なのである。

畠山さんは二十数年前、牡蠣養殖の本場、フランスのブルターニュ地方の漁場を視察した。おぼろげながら分かっていたことだが、牡蠣やホタテが育つ海には、そこへ流れ込む川の上流に必ず豊かな落葉樹の森があることを知った。

気仙沼湾には大川という川の水が流れ込んでいる。この川の上流にある森を大切にしないと、牡蠣養殖も成り立たないと思った畠山さんは、仲間と共に大川上流の室根山にクヌギ、ナラなどの落葉樹の植林を始めた。

室根山を水源とする大川は、落葉が作る豊かな養分を気仙沼湾に運びこむ。この養分は、珪藻類などのプランクトンを育て、それを餌に牡蠣やホタテが育つ。畠山さんの試みは大正解で、気仙沼湾では品質のよい牡蠣が採れるようになった。「森は海の恋人」をスローガンに、畠山さんは運動を展開した。子供達にも呼びかけて植林を指導し、森・川・海が切っても切れない関係にあることを教えてきた。既に二十年近く続けていて、これまでに一万人以上が参加したという。この運動は全国に広がり、今では各地で畠山さん同様、漁師が率先して植林に励んでいる。

しかし、建材としてのヒノキやスギを育てる「林業」となると、ちょっと様子が違ってくる。一本の苗木が材木として商品になるまでには、とてつもない時間を要する。短くて三、四十年、用途や木の種類によっては七、八十年かかる。

家内の実家は九州。農業と山林で生計を立ててきた。家内の両親は朝早くからヒノキ、スギの下枝を払うため、山に出かける。帰りは日没後。家内は、薪を背に帰宅する両親の姿を鮮明に記憶している。

ちちははの育てたまひし杉林
　伐りて吾が子の学費とせむか

今は亡き家内の父親の一首である。家内を含め四人の子供は、祖父母が育てた山の木を父親が少しずつ売り、その資金で全員が東京の大学で学び、卒業した。大学卒の初任給が月に一万円だった頃、スギの成木は一本三千円で売れた。

今は様相が一変した。山で育てた木が売れない。仮に売れたとしても運搬費を差し引かれて二束三文。何十年もかけて山の木を育てた両親は、あの世で何と思っているだろうか。

私が住んでいる埼玉県川越市の霞ケ関地区は、都会と農村地帯が接している場所だ。秋ともなれば農家が籾殻や藁くず、落葉を焼く。剪定した木の枝を燃やす家もある。兵庫県の山村にいた子供の頃の、焚火を思い起こさせる煙が漂う。母が薪で炊事をし、風呂をわかしていたあの懐かしい匂いである。

古来日本人は「木」を大切にしてきた。西欧の「石の文化」に対して日本は「木の文化」だ。住宅・神社仏閣に始まり、仏像も木で作られた。炊事、暖房の燃料は薪だった。

今は、建物はコンクリートや新建材が中心。木材は、と見ればすべて輸入木材。燃料は石油やガス、電力に。台所用品は石油が原料のプラスチックに変わった。電力需要は増大。僅かな水力発電と、石油や天然ガスの火力発電で足りない部分は、一度事故が起きると取り返しがつかない「原子力発電」に頼っている。山ではせっかく育った木が、利用されることなく放置される。以前なら燃料にしていた雑木すら打ち捨てられたままだ。

昨年、アラスカを旅したが、そこでは今も薪を使う暖炉が健在で、郊外の住宅では薪ストーブが普通であった。電気や石油によるセントラルヒーティングより柔らかくて快適、という話を聞いた。確かに薪で炊いたご飯はうまいし、囲炉裏やこたつ、火鉢は、体の芯まで温めてくれる。地球温暖化で問題になっている炭酸ガスの排出量も、石油石炭に比べて木を燃料とした方が、はるかに少ないそうだ。

便利さよりも、多少不便でももう一度「木のぬくもり」を感じる生活を取り戻せないだろうか。「木の文化」を大切にしてきた日本人の心は、地球温暖化が深刻化している今こそ、見直されていいのかもしれない。

（「雪垣」平成19年11月号）

墓を買う

大学時代の師である重田定正先生は、ずばりモノをいう人だった。「自分の死について考えていない者が、どうして自分の生を考えることができるか。君には生を語る資格がない！」。

あれから五十年。やっと重田先生の言葉の意味がわかるようになった。年齢のせいかも知れない。

「俳句のテーマは生死のことにつきる」と言ったのは、千葉県八街市の俳人、小出秋光氏である。俳誌「好日」の主宰。太平洋戦争では特攻隊員だった。死ぬことだけを考えて戦闘機の操縦桿を握っていた。生きて終戦を迎えた小出氏は、その後、生と死を正面から見据えた句を作り続けた。

折も折、大宅ノンフィクション賞を受賞した早瀬圭一氏の「生きる悲しみ、死ぬ喜び」と題した講演を聞く機会があった。早瀬氏は元毎日新聞記者。龍谷大学、東洋英和女学院大学の教授を経て、最近北陸学院大学副学長になった。「死生学」、つまり生と死に関すること、およびその周辺の研究で名を知られた人である。

難しいことはさておき、講演の中心は無論「生死」のこと。ただ生きているだけでは苦しみのほうが多い。人間は必ず死ぬのだから、死ぬことを真正面から受けとめ、死を意識して、そこから生きていることを考えていけば「充実した生」を送ることができるのでは、というものだった。

「例えば」と早瀬氏は末期がん患者の話に及ぶ。以前は末期がんというと、強烈な痛みで七転八倒して死んでいくイメージだったが、最近は緩和ケアが進歩して、末期がん患者は死が近くなっても充実した毎日を送るのだそうだ。

早瀬氏が親しくしている五十三歳の女医さんは、乳がんで二度手術し、今は全身に転移している。普通なら寝たきりになるはずなのに、なお耳鼻科の医者として働いている。そればかりか社交ダンスにいれこみ、プロ並みになった。

最近はがんが進行したため、さすがにダンスはできなくなったが、代わりに英会話を勉強、充実した毎日を送っている。

「死を意識すると、残された人生を有意義に使おうとする。いのちは無駄に使いたくない。一分一秒が大切な時間となり、生きていることを実感するようになる」

そういえば、私がブラジルに駐在していた五年間に、なぜブラジル人は総じて楽天的なのだろう、と何度も考えた。とにかく彼らは毎日を思い切り楽しく暮している。明日のことより、今日が大切なのだ。

なぜだろう。ハタと気づいた。教会の存在だった。

カトリックの国、ブラジルでは大人も子供も日曜日には教会に行き、そこで神父の話を聞く。神父は、当然のことながら人間の死について、あるいは天国のこと、地獄のことなど、来世の話を繰り返しする。意識しようがしまいが、教会に来た人は、死を身近なものとして捉えるようになる。

日本人の場合はどうか。私を含めて、普段「死」はなるべく考えないでおこうとしている。一般的に日本では、仏教はどちらかといえば葬式、あるいは法事でお世話になる程度。また、自宅よりも病院で亡くなるケースが増え、死に目にあうことも少なくなって、それだけ「死」が身近なものではなくなった。

一方、家庭ではパソコンや携帯のゲームで、簡単に人を殺せるし、リセットすればすぐ生き返る。以前ならば、死は家で迎えるものであり、厳粛なものだった。それなのに今、「死」はゲームの中の、現実とは異なる存在になっている。

残された人生をもっと充実したものにしたい、と私は思う。死をもう少し身近なものとして捉え、その上で充実した生き方を考えたい。

以前、ヨーロッパへ福祉を学びに行ったとき、お墓に興味を持った。ドイツではある施設の墓地が印象的だった。日本のような暗い雰囲気ではなく、花壇の中にお墓があって、めっぽう明るいのだ。隣接して老人ホームがあり、入居者が自発的にお墓の清掃、手入れをしている。歌声が沸き上がるような墓地。「私もこんな雰囲気のお墓に入りたい」と思ったものである。

三十数年たって、偶然そのチャンスが巡ってきた。私の家の近くに、イギリス人が設計した花と緑が一杯の「ガーデニング墓地」ができた。

私は四男である。昔からのしきたりに従って分家し、自らの墓を持たなければならない。小さな区画だったけれども、とにかく墓地の借地権を手に入れた。一年以内に墓石を建てればよい。生前に作るお墓は「寿陵」と呼ばれる。私は、むしろ小さな「別荘」か「終の棲家」を入手した気分だった。その区画をよく見ると土台の一部は土を露出させたままである。「三十三回忌が来たら、お骨は壺から出して土に戻します。この部分はそのためのスペースです」と業者の説明。「土に戻す」という言葉が、妙に実感として伝わってきた。

さて、私の終着駅が決まった。あとは精一杯生きるだけだ。大げさに言えば「これでよし！」である。今後どのように生きるか。今日は何をしようか。

重田先生や早瀬さんが言った通りである。自分の墓を用意し「死」を実感することで「生」を考えている自分が、ここにいる。

（「雪垣」平成20年6月号）

マカオにて

外国を旅していると、思わぬところで「日本」に出会うことがある。最近ではマカオがそうだった。五月の初めにマカオを訪ねた。人口五十万。東京・世田谷区の半分ほどの面積にすぎないマカオ。以前はポルトガルの植民地だったが、一九九九年、香港に続いて中国に返還され、香港同様「中華人民共和国特別行政区」となった。

十数年ぶりのマカオ行きだったが想像以上の変化に驚いた。超高層マンション、新しいホテル、カジノ…。部分的には香港以上の大都市になりつつある。「この五年間に大きく変わった」とマカオの人は言う。アメリカ・ラスベガスのカジノ業者や、香港、中国本土の富裕層がマカオへの投資を開始したからである。カジノの売り上げは、ついに本場ラスベガスを抜いて、年間七十億ドル以上になった。日本のホテルも進出して、現在続々建設中。今後数年間に二十以上の大型ホテルやカジノが新築されるという。

私がマカオに到着した五月三日には、たまたま北京オリンピックの聖火がマカオ入りした。中国国旗（五星紅旗）を手に「アイ・ラブ・チャイナ」と染めたTシャツ姿のマカオの人達が、聖火の通り道を埋め尽くす。聖火ランナーが近づくと、一斉に国旗が振られ、歓声が沸き上がった。実は、前の日に香港でチベット問題抗議騒ぎが起きていたが、マカオではお祭り騒ぎ。何のためらいもなく「中国化」を受け入れているように見えた。

私は、カジノにも聖火にも殆ど関心がなかった。それよりマカオの歴史遺産に興味があった。以前は、香港からの日帰りツアーで、ゆっくりマカオを見る機会がなかった私だが、今回は日本から直接マカオ入りして、四日間自由に見て回ることが出来た。新しい発見もあった。

マカオでは二十二の建物と八つの広場が「世界遺産」に登録されている。中でも有名なのが「セント・ポール天主堂跡」である。十七世紀初頭にカトリック系のイエズス会が建築したが、一八三五年の火災でほとんどを焼失、ファザードと呼ばれる正面の壁と基礎部分だけが残った。現在ではマカオのシンボル的存在で、観光スポットの一つとなっている。今回初めてゆっくり天主堂跡を回ることができた。

この天主堂は、イエズス会のカルロ・スピノラ神父の計画で建設された。このことは、正面わきの説明板に明記されている。

スピノラ神父は長崎で起きた徳川幕府によるキリシタン迫害「元和の大殉教（一六二二年）」で火あぶりの刑に処せられた司祭その人だ。スピノラ神父は、マカオのセント・ポール天主堂建設を計画したあと日本に派遣され、迫害にあった。

当時マカオは、イエズス会にとって東洋布教の基地的な存在だった。キリシタンが迫害されたため、多くの日本人の信者が避難してきたのもこのマカオで、天主堂建設にはこれらの日本人も携わったという。長崎その他で処刑された神父や日本人信者の遺骨も、ひそかにマカオへ持ち込まれた。今も遺骨の一部がこの天主堂跡の納骨室に残されているし、殉教した日本人の名前や処刑図などを博物館で見ることができる。

初めて日本にキリスト教を伝えたフランシスコ・ザビエルは、ナバラ王国（現在スペインの一部）の人で、イエズス会の創立メンバーだった。ポルトガル王の要請でインドやマレー半島で布教をしていたザビエルは、マラッカで「ヤジロウ」なる日本人に出会い、日本での布教を決意する。

ザビエルは、マカオのすぐ西にある「上川島」（現在広東省台山市）を経て中国人の操るジャンク船に乗って鹿児島に到着。二年間、九州、中国地方で布教に専念する。だが、思うように進まない。「日本で布教するより、日本への影響力を持つ中国での布教が先」と考えたザビエルは、一旦日本を離れ、上川島で中国布教の準備をしているうちに病に倒れ、帰らぬ人となる。

ザビエルがマカオに足を踏み入れた形跡はない。しかし、ザビエル死後、イエズス会の宣教師やポルトガル人はマカオの居住権を獲得、ここをキリスト教布教の拠点とし、中国や日本（長崎）との交易の基地とした。マカオのシンボル、セント・ポール天主堂跡のファザード正面には、ザビエルの像がはめ込まれている。

マカオは、中国本土に接する半島部分と、タイパ島、コロアン島という二つの島から成り立っている。タイパとコロアンの間の海は埋め立てられ、今は地続き。この辺りは大規模なホテルやカジノの建設が盛んなところである。

コロアン島の西海岸にある「聖フランシスコ・ザビエル教会」を訪ねてみた。黄色の壁を白い漆喰で縁取りした、伝統的な美しいポルトガル様式の建物だった。今は別の教会に移されたが、つい最近までザビエルの遺骨の一部が置かれていたところである。聖人・ザビエルの名をつけた教会は、マカオ以外でも数多くあるが、この教会はその中でも最も美しい教会に違いない。

私が訪れたのは日曜日。ザビエル教会ではミサが行われていて、賛美歌が石畳を這うように流れてきた。日本でもよく知られているフランシスコ・ザビエルの名をつけた教会で歌われている賛美歌が、何かその時代を彷彿とさせるような、懐かしいような調べに聞こえた。


（「雪垣」平成20年7月号）

ミニ奥の細道

「駒にたすけられて大垣の庄に入ば、曾良も伊勢より来り合、越人も馬をとばせて如行が家に入集る。前川子、荊口父子、其外したしき人々日夜とぶらひて、蘇生のものにあふがごとく且悦び且いたはる。旅の物うさもいまだやまざるに長月六日になれば、伊勢の遷宮おがまんと、又舟にのりて、

蛤のふたみに別行秋ぞ」（「おくのほそ道」最終章）

「奥の細道むすびの地・大垣」に、一時間で回れる「ミニ奥の細道」ができたことを聞いた時から一度行ってみたいと思っていた。先日、神戸へ出張した帰り、少し時間があったので大垣に立ち寄った。

大垣は水の都である。低い地形のため、周辺から地下に流れ込んだ伏流水が自噴井となってわき出している。ＪＲ大垣駅前広場の噴水群は、豊富な湧き水を使っていて見事だ。町中の水は水門川（旧大垣城外堀）に流れ込む。

駅近くの愛宕神社から船町港跡まで、水門川に沿った二・二キロの遊歩道「四季の路」があり、

そこに「おくのほそ道」の旅で芭蕉が詠んだもののうち二十二の句碑が建てられている。これが「ミニ奥の細道」である。愛宕神社近くで、

　行春や鳥啼魚の目は泪

を見つけた。この辺の水門川は幅十メートル。句碑はほぼ百メートルごとにある。

芭蕉が石川県内で詠んだもののうち、ここで句碑になっていたものに、

　あかあかと日は難面も秋の風　（金沢）

　しほらしき名や小松吹萩薄　（小松）

　石山の石より白し秋の風　（那谷寺）

　庭掃て出ばや寺に散柳　（加賀全昌寺）

の四句があった。山形県のものと同数で最も多い。

遊歩道はよく整備されている。公衆トイレと水飲み場がいたるところにあって、安心だ。途中、八幡神社の自噴井で、地下百五十メートルから噴出している水を飲む。ＰＨ７・８の弱アルカリ性で「飲料水として最適」の説明書があった。

「ミニ奥の細道」の終点は「船町港跡」である。〈蛤のふたみに別行秋ぞ〉の句碑「蛤塚」を見る。有名な割には小さな碑だ。川幅は二十メートルほどに広がっている。水門川はすぐ揖斐川に合流する。江戸時代、船町から桑名までの舟運は、この地方の大動脈だった。

大垣に到着した芭蕉は、以前から親交のあった俳人の谷木因らとの旧交をあたため、半月滞在ののち船町港から舟で桑名に向かう。伊勢の遷宮を見るためだった。

三百二十年前、芭蕉が大勢の友人に見送られ、新たな旅立ちをした船町港。明治時代には蒸気船も走っていたというが、今は人通りも少なくひっそりとしている。船町港跡の水門川には当時使われていたものと同じ大きさの舟が一艘つながれている。港跡には住吉灯台が、さらには芭蕉と木因の像、木因の俳句道標などが往時を偲ばせていた。

「芭蕉も曾良も公儀隠密だった」との説がある。最近では中名生正昭氏が『奥の細道の謎を読む』(南雲社)という本を書き、「おくのほそ道」の旅は、幕府が最も恐れていた仙台の伊達氏と、場合によっては伊達氏と、呼応するかもしれない加賀の前田氏の動向を、芭蕉と曾良に探らせるものだった、と述べている。

特に興味があるのは、芭蕉と曾良が加賀の領内に入ったとたん、立花北枝なる人物が二人に寄り添うように同行、その一方で、曾良が突如腹の具合が悪くなるところだ。そして山中温泉では、曾良が病を理由にご主人の芭蕉と離れ、さっさと単独で敦賀へ向かってしまう。病んだ曾良が、芭蕉を置き去りにすることがあり得るのだろうか、普通なら曾良の方が居残るはずではないか、と中名生氏は疑問を投げかけている。芭蕉と曾良はその後大垣で再会するのだが、曾良に病み上りの気配は全く見られない。北枝の人物像や役割がわかれば、「おくのほそ道」の疑問点もかなり明らかになるだろうに。

最近、長岡市の俳人、大星光史氏が『芭蕉―その愛と生』（木耳社）を上梓した。この本に芭蕉の辞世の句についての記述があり興味深く読んだ。芭蕉が他界したのは大阪の御堂筋。その辞世の句は、

　旅に病んで夢は枯野をかけ廻る

だとされてきた。

だがこれは死の四日前の作。実は三日前に弟子の支考に対し、以前作った句〈大井川浪に塵なし夏の月〉を次のように改作してくれと頼んだのだそうだ。

　清滝や波に散り込む青松葉

句に「松尾」の松、俳号の「桃青」の青を詠み込み、清冽に渦巻く波に散りゆく自らの姿を映し出していて「これこそ芭蕉の辞世の句」と大星氏は主張している。

また、俳人、長谷川櫂氏は最近の著書『古池に蛙は飛び込んだか』（中公文庫）で、芭蕉の名句〈古池や蛙飛びこむ水の音〉は、蛙が古池に飛びこんだのではなく、蛙が飛び込んだ水音を聞いて、心の中で幻の古池を見たのだ、と読み解いている。

さすがは芭蕉翁。いまなお新たな名所ができ、数多くの本が出版され、句の解釈も新説が登場するなど、さまざまな話題を提供してくださる。


（「雪垣」平成20年11月号）

金色夜叉

本棚を整理していたら本の間から一枚の茶色の紙片が落ちた。読売新聞創刊号のコピーだった。表裏二ページ、つまり一枚だけの新聞である。

「讀賣新聞　第壹號　隔日出版　明治七年十一月二日」

トップ記事は「布告（おふれ）」。天皇、皇后の行幸行啓について、内務卿代理の林友幸が出した布告に、新聞社が「行幸行啓」を解説した記事である。

続いて各地の話題。金沢のことも出ている。金沢・菊水町のおすえなる女性は六年前に中風になった亭主を手厚く介護しているという、ただそれだけの「美談」。

横浜の記事は、鉄道に乗った人の数。十月十九日から一週間の間に、横浜ステーションで蒸気車に乗った人の数は三万四千八百八十一人、とある。

これより数年前に創刊された「郵便報知新聞」「東京日日新聞」「横浜毎日新聞」等、文語体で書かれたインテリ向けの新聞に対抗して、読売新聞は「話し言葉」を採用、女性、子供でも読めるようにし、さらにふりがなをつけた。これが当たって読売新聞は僅か一年で東京一の発行部数となった。

このふりがなは、単に漢字の読み方、発音を示すだけではなかった。「傍訓」といって、例えば「皇帝（てんし）」「路傍（みちのわき）」のように漢字の意味を当時の話し言葉に近づけて注記するものだった。句読点はまだ出現していない。

句読点が使われたのは、さらに二十年ほど後になる。尾崎紅葉が書いた間貫一と鴫沢宮（お宮）の悲恋物語『金色夜叉』は、明治三十年一月一日に始まる連載小説として読売新聞に登場、大ヒットした。紅葉の病気で、何度も休載になりながらも明治三十五年まで続いた。これには「傍訓」があるほか、完全な形で句読点がついている。以下は、熱海の海岸での名場面。

「打霞（うちかす）みたる空ながら、月の色の匂滴（にほひこぼ）るゝやうにして、微白（ほのじろ）き海は縹渺（へうべう）として限を知らず、譬（たと）へば無邪気なる夢を敷けるに似たり。寄せては返す波の音も眠げに怠りて、吹来る風は人を酔（よ）はしめんとす。打連れて此（この）濱邊（はまべ）を逍遥（せうえう）せるは貫一と宮なりけり。」

丸カッコ内は「傍訓」。文語体ながら口語に近い表現でわかりやすく、声に出して読むと、無声映画の弁士のような名調子になる。この頃が句読点のある文章への移行期だったらしい。他の記事には、読点「、」はあるが句点「。」はない。

ともあれこの頃の庶民は、無学の者でも『金色夜叉』程度の文語体、旧仮名遣いの文章を読みこなしていたことになる。

『金色夜叉』のことを考えているうちに、また私の悪い癖が出た。熱海の「現場」へ行ってみたくなったのだ。

三十年ほど前は、宴会といえば熱海だった。宴会にはどぎつい化粧の熱海芸者が何人かきた。私達は皿を箸でたたき、あるいは箸をバイオリンに見立てて「熱海の海岸散歩する、貫一お宮の二人連れ…」と歌うなど大騒ぎしたものである。

熱海の海岸は、いま「サンビーチ」などとハイカラな名に変わった。リゾートマンションや高齢者向けケア付き住宅も多くなった。海岸には以前から貫一、お宮の彫像や「お宮の松」などがあるが『金色夜叉』を読むまで、私自身あまり関心がなかった。この辺一帯は、自動車道路の中央分離帯が公園として整備されている。

貫一、お宮の彫像は、貫一がお宮を足蹴にしているものだが、この時貫一は「下駄履き」だったか「靴履き」だったか。彫像は「下駄履き」、岩波文庫の表紙絵は「靴履き」となっている。

「お宮の松」は現在二代目。初代の松は、江戸時代に「知恵伊豆」で知られる松平伊豆守信綱が植えたもので「羽衣の松」と呼ばれていたが『金色夜叉』が大当たりしてからは、「お宮の松」と名を変えた。

樹齢三百年だったこの松は、戦後、車の排気ガスなどの影響で枯れてしまった。二代目に選ばれたのは「熱海ホテル」にあったクロマツ。ロッキード事件で知られる国際興業の小佐野賢治社主の寄贈によるもので、ホテルからここに移された。

『金色夜叉』は明治三十五年に、紅葉の病で何度目かの休載となった。そして三十六年十月には、紅葉が三十七歳で他界。『金色夜叉』は未完のまま終わる。のちに弟子の小栗風葉が紅葉の残した「腹案覚書」をもとに『終編金色夜叉』として完結させる。海岸の「お宮の松」のそばには、小栗風葉の句碑がある。

宮に似たうしろ姿や春の月

味のある句碑である。川端康成は「石そのものも可憐な女の後姿に似た記念碑」との感想を述べたそうだ。

紅葉は俳人でもあった。明治二十八年、角田竹冷らと「秋声会」を結成、正岡子規らに対抗する新派俳壇の指導者として活躍、数々の名句を残した。

紅葉辞世の句

死なば秋露の干ぬ間ぞおもしろき

ところで、熱海の町を歩いていて気になることがあった。案内板などの「金色夜叉」という漢字に「こんじきやしゃ」とルビがついている。「キンイロヨルマタ」と読む人が多いから、とのことだった。

（「雪垣」平成21年３月号）

出雲散策

島根県に足を踏み入れたのは、半世紀ぶりだった。

農林省に勤めていた昭和三十年、島根県・石見大田の中国農業試験場畜産部へ出張したことがあるだけ。だから初めての旅と同じだ。長男が「たまには一緒に」といってくれたので、家内共々三人で空路島根へ。一泊二日の短い旅だ。

島根には世界遺産の石見銀山や出雲大社などの観光名所が数多くある。長男がレンタカーを用意してくれたので、効率よく観光スポットを回ることができた。ただ私には観光以外の目的があった。その一つが「出雲そば」である。

出雲大社を参拝したあと、正面鳥居前にある「そば処田中屋」に入る。出雲そばといえば冷たい「割子そば」または温かい「釜揚げそば」。汗ばむほどの陽気だったので迷わず「割子」を選んだ。

出雲そばの特徴は「ひきぐるみ」といって、そばの実の皮を一緒に挽いた色の黒いそば粉を使う点である。「十割そば」よりつなぎの小麦粉を二割程度加えた「二八そば」が一般的。「割子そば」

は、三段の漆器に入っている。それに薬味の大根おろし、刻み海苔、鰹節、刻み葱をのせ、つゆを上からかけて食べる。一段目が終わったら残っているつゆを二段目に入れ、新しいつゆと薬味を足す。一段目の容器は一番下へ。三段目まで食べたら残ったつゆに蕎麦湯を入れていただく。

出雲そばは、やや硬め。東京などのそばと食べ方が違い、よく噛むことである。東京のそば通は、そばの三分の一ほどをつゆに浸し、一気にのどを通す。「よく噛む」のは邪道だという。だが出雲の人に言わせると、よく噛んでそばそのものの味を楽しむのが正しい。「一気」では、つゆの味しかわからないはずだという。

「田中屋」は、昭和四十七年の創業の比較的新しいそば屋だが、硬めのそばでつゆは濃い。私の好みにぴったりで、大満足。

このあと松江市まで行き、創業が明治四十年という老舗のそば屋「小川屋」へ。そばのはしごである。ここは狭い店だが常連客が多い。また「割子」を注文する。出雲の「田中屋」に比べるとつゆが少し甘め。でもそばが抜群にうまかった。

玉造温泉に泊まって、翌日は石見銀山へ。銀山を見た後、大社市で昼食。私はまたまたそばを主張。家内と長男は「もう勘弁して」と別のレストランへ。私は一人で「献上そば羽根屋本店」に入った。

羽根屋のそばは、大正天皇のお気に入りだったところから「献上」の名がつけられた。その後昭和天皇を始めとする皇族方がこの店のそばを召し上がっている。創業は江戸時代というから、出雲そば店として最も古い店の一つである。

もう一つの目的は、島根出身の高名な二人の俳人の墓を訪ねることだった。

まず大谷繞石（一八七五〜一九三三）。松江市出身。小泉八雲（ラフカディオ・ハーン）の愛弟子で英文学者。東京帝大入学後、子規庵句会に参加。金沢の四高教授時代に「北聲会」を指導、北國新聞俳壇の選者も務めた。二年間のイギリス留学を挟んで、十七年間金沢に住んだ。弟子に室生犀星がいる。四高教授のあと、新設の旧制広島高教授（教頭）に転じた。

　風に揺るゝ花つつじ蝶慌し　　繞石

　馬売りて久しき厩栗の花　　〃

　鯨汁熱き啜るや外吹雪　　〃

墓は松江市寺町の恩敬寺。墓石には法名「英秀院釋繞石」が刻まれていた。繞石の本名は正信。俳号がそのまま法名の一部に使われている。

ところで、繞石の句碑は広島などにあるのだが、島根県内には見当たらない。島根では俳人としてよりも小泉八雲全集の翻訳など、英文学者としてのイメージのほうが強いからだろう、と地元関係者は言っていた。

もう一人は、原石鼎（一八八九〜一九五一）。本名鼎。出雲市の出身。「ホトトギス」大正三年正月号で、高浜虚子は「大正二年の俳句会に二人の新人を得たり。曰く普羅、曰く石鼎」と記した。

石鼎は家業の医者を継ぐべく京都医専に入学するが中退、奈良・深吉野（東吉野村）にあった兄の診療所を手伝いながら句作に没頭、ホトトギスに投句していた。

頂上や殊に野菊の吹かれ居り　　石鼎

高々と蝶こゆる谷の深さかな　　〃

一枝の椿を見むとふるさとに　　〃

石鼎は上京してホトトギスに入った。のちに村上鬼城、渡辺水巴、前田普羅、飯田蛇笏らとともに「大正ホトトギス作家」と称される。しかし、句が主観的に過ぎたため虚子と意見が合わずに対立、ホトトギスを辞め、新たに「鹿火屋」を主宰した。しかし精神を病み、入院生活ののち療養先の神奈川県二宮で生涯を終えた。

石鼎の墓は出雲市の生家に近い神門寺にあった。自然石に「原石鼎之墓」と刻まれていた。「遺骨は深吉野へ」「分骨して故郷の出雲にも」が遺言だったという。だから石鼎の墓は、奈良・東吉野村の天照寺と出雲市の神門寺の二か所にある。

出雲市内の一の谷公園に、石鼎の「一枝の椿…」の句碑があった。母親危篤の知らせに急遽帰郷した時の一句。夕日が美しく句碑を照らしていた。ふと振り向くと、眼下に出雲市の街並みが、視界一杯に広がっていた。

（「雪垣」平成21年7月号）

寅さん俳句大賞

映画「男はつらいよ」シリーズの主役、フーテンの寅さんこと渥美清（本名田所康雄）。亡くなってから十三年。渥美が俳句を詠んでいたことはあまり知られていなかった。昨年七月、元毎日新聞記者でコラムニストの森英介氏が『風天—渥美清のうた』（大空出版）という本を出し、世間に知れ渡った。それがきっかけでこの夏、第一回「寅さん俳句大賞」が「葛飾柴又寅さん記念館」と「読売日本テレビ文化センター」の共催で企画され、入選・佳作六十句が発表となった。大賞は地元東京・葛飾区の佐藤和男さんに輝いた。

団子屋に予約席あり風天忌　和男

寅さんや柴又、帝釈天などにちなんだ俳句ということで、選考委員は金子兜太、冨士眞奈美、石寒太、榎本好宏、早川尭、森英介の諸氏。

大賞になった句だが、団子屋とは「男はつらいよ」で毎回登場した寅さんの実家「くるま菓子舗」のモデル「髙木屋老舗」。帝釈天参道にある団子屋だ。

渥美清は柴又でのロケのたびに「髙木屋老舗」に立ち寄り、決まった席に腰を下ろして団子を食べながら出番を待っていた。渥美が他界したあと、髙木屋の女将、石川光子さんはその席を「予約席」にした。「いつ帰ってきてもいいように」というわけである。「寅さんはどこに?」という客の質問に、女将は「今、旅に出ています」と答える。「風天忌」とは、渥美の命日(八月四日)のこと。歳時記にはまだ出ていないが、一部では夏の季語として使われているとか。

ところで、国民的人気の「男はつらいよ」(山田洋次監督)は、主役の渥美清が転移性の肺がんで他界するまで、実に四十八作に及んだ。しかも渥美は、年間ほぼ二作というハードなスケジュールの合間をぬって、作句に励んでいたのである。

その中の一句が、講談社編『カラー版日本大歳時記』(全五巻)、掲載三万の例句の一つに採用されている。

お遍路が一列に行く虹の中　　風天

渥美清が、朝日新聞社の週刊誌「アエラ」編集部関係者の俳句同好会「アエラ句会」に姿を見せたのは一九九一年だったと『風天…』の著者森英介氏が書いている。

句会では、渥美は常に寡黙。隣部屋の壁に向かって沈思黙考、想を練っていた。在籍期間は三年弱。その間の句会で詠んだ全句四十五句が渥美の没後、週刊誌「アエラ」と「俳句朝日」に追悼文と共に掲載された。この記事で「俳人風天」が注目され始めたのである。

実は、渥美が句作を始めたのはかなり前で「話の特集句会」に、一九七七年から参加していた。この会は昭和の一時期、一世を風靡した雑誌「話の特集」の関係者が集まって作った遊びの句会で、名簿には永六輔、和田誠、小沢昭一、冨士眞奈美、黒柳徹子、中村八大、色川武大、俵万智、吉行和子、吉永小百合、黛まどか、山本直純などそうそうたる著名人が名を連ねていた。この会は、メンバーの一部が入れ替わったものの今も続いている。「渥美風天」はここで百三十四句を詠んだ。そのほか「トリの会」「たまご句会」に参加していたが、何故かその句はあまり世に出なかった。

『風天…』を書いた森英介氏の努力は尊敬に値する。全国各地を歩いて、足で「風天俳句」二百十八句を掘り起こした。

改めて「風天俳句」を見る。実に自由奔放。定型句あれば自由律ありだ。「お遍路が…」のような有季の句もいいが、尾崎放哉、種田山頭火の向こうを張る自由律句の方が寅さんらしくて、私は好きだ。いずれも優しさのあふれた句である。

ゆうべの台風どこにいたちょうちょ　　風天
赤とんぼじっとしたまま明日どうする　　〃
ずいぶん待ってバスと落葉いっしょに　　〃

事実、渥美清は「寅さん役」のほかに尾崎放哉、種田山頭火役を熱望していた。「まつやま山頭火の会」のホームページによると、早坂暁氏の脚本によるＮＨＫドラマで渥美は山頭火役を演じることになっていた。いろいろな事情で、山頭火役はフランキー堺に変更された。また別に放哉役の話しもあったが、これも実現しなかった。さぞかし心残りだったことだろう。

「寅さん俳句大賞」発表の日の朝、私は柴又へ行った。発表は午後である。京成柴又駅で電車を降り、帝釈天から寅さん記念館、矢切の渡しと一通り回り、その足で帝釈天参道の「髙木屋老舗」へ行った。寅さんの指定席だった「予約席」に座らせもらい、名物「草だんご」を食べながら寅さんの思い出話のいくつかを女将さんから聞かせてもらった。

「渥美さんは病気になってからもロケに来ていましたけれど、出番を待っている間も無口で、本当につらそうでした」と女将さん。

店の中には、「男はつらいよ」のポスターや寅さんのポーズ写真が貼ってある。淋しそうな顔をした寅さん。しかし、眺めているうちに寅さんがほほ笑んだような気がした。私は女将さんに「午後に第一回寅さん俳句の結果が発表されます。この予約席の句が大賞になるかもね」と言って店を出た。

午後、予定通り「俳句大賞」の発表があり、私の予想がずばり当たって、冒頭の〈団子屋に予約席あり風天忌〉が大賞となった。なんだか妙な気分だった。

（「雪垣」平成21年10月号）

放哉・井泉水と小豆島

漂泊の自由律俳人、尾崎放哉（本名秀雄）が、病の身を引きずるようにして香川県小豆島土庄町にやって来たのは大正十四年八月のこと。この島に住む「層雲」同人井上一二の世話で西光寺奥の院「南郷庵（みなんごあん）」の庵主となった。「南郷庵」での放哉は句作に励み、二百十六句を残した。他界したのは翌十五年四月七日。近所に住む漁師夫妻に看取られての旅立ちだった。

明治三十五年、放哉は生まれ育った鳥取から上京、「一高、東大（東京帝大）」へ進んだ。一高時代、上級生に自由律俳句の提唱者で、のちに「層雲」を主宰する荻原井泉水がいた。放哉はその影響を受けて句作を始め、その才能を開花させる。

東大法学部在学中、酒に溺れた。原因は失恋。親戚の女性に惚れ結婚を考えるが血族結婚はよくないと周囲に反対され、自暴自棄になって泥酔を繰り返した。

大学卒業後、別の女性と結婚。エリートとして生命保険会社に勤務するが、酒が原因で退職。その後、朝鮮、満洲に行く。満洲で肋膜炎を患い帰国。妻からも見放されて、宗教団体に入ったり、京都、神戸、福井などで寺男になったりするが、酒癖と奇行のため長続きせず、病状も悪化、破滅への坂道を転がり落ちていく。身も心もぼろぼろになった放哉は、京都の仮寓にいた一高の先輩で俳句の師匠、荻原井泉水のもとに身を寄せた。

「海の見えるところで死にたい」という放哉。困った井泉水は、「層雲」の同人で小豆島に住む井上一二に相談、一二を通じてこの島の西光寺住職、杉本玄々子に頼み込み「南郷庵」の庵主とした。ここからは放哉が求めていた海がよく見えた。

放哉の面倒を見た井上一二とはどんな人だったか。小豆島の庄屋で資産家。大正三年、高松の栗林公園で開催された井泉水歓迎句会に出句、見事入選し、その場で「層雲」に入会。井泉水は一二の招きで小豆島にわたり名所「寒霞渓」に遊んだ。これが井泉水との出会いで、放哉が小豆島に来る十年ほど前のこと。井泉水は、結局七回小豆島を訪れ、その都度井上一二の別荘「宝樹荘」に滞在することになる。井泉水の妻、桂子も「層雲」に所属する俳人だったが、大正十二年十月に他界。翌年、井泉水はその供養のため、八日間かけて小豆島霊場八十八ヶ所を巡礼する。同行は井上一二、それに前述の西光寺住職杉本玄々子。玄々子も「層雲」の同人。この出会いが、大正十四年の放哉の小豆島行きにつながるのである。

放哉は、「南郷庵」での生活八か月で死去。葬儀に駆けつけた井泉水の一句。

痩せきつた手を合わせている彼に手を合わす　　井泉水

実は、私も徒歩で小豆島八十八ヶ所を巡礼した。井泉水よりも一日短い七日間で回った。途中、岩場をよじ登らなければならない霊場もいくつかあって、かなりきつかった。父母が生前一度行きたいと言っていた小豆島。叶わぬまま他界したこともあったので、私は両親の位牌を持って歩いた。「南郷庵」のある西行寺は、小豆島八十八ヶ所の第五十八番霊場である。巡礼の初日と最終日の二回、西光寺と「南郷庵」を訪れた。

無論、現在の「南郷庵」は、放哉が住んだ当時の建物ではない。平成六年に土庄町がかつての建物を再現して新築。現在「尾崎放哉記念館」と名を変え、放哉に関する様々な資料を展示、一般公開している。建物の間取りは六畳、八畳、二畳。放哉はこのうちの八畳間で、もらい物だけの極貧生活をしながら、句作を続けていた。海側に障子窓があり、開けると海が見えたという。今は一帯の海岸が埋め立てられて民家が建ち並び、窓を開けても海は見えなかった。

障子あけておく海も暮れきる　　放哉

記念館の庭には、井泉水の筆による句碑が建てられていた。有名な句だ。

いれものがない両手でうける　　放哉

裏山の斜面は、大規模な共同墓地である。放哉の墓は山の中腹。西光寺の歴代住職の墓が並ぶ区画の隅の方にあった。庵主といっても僧籍のなかった放哉の墓は、他の住職の墓に比べてかなり小さい五輪の塔。法名は「天空放哉居士」。〈墓のうらに廻る〉という放哉の句を思い出し、放哉の墓の裏にまわってみた。彫られた文字はかなり風化していたが、来歴は十分読み取れた。

私達が知る放哉の句の多くは、小豆島へやってきて他界するまでの僅か八ヶ月の間に作られたものである。講談社学術文庫「現代の俳句」（平井照敏編）の尾崎放哉のページでは、三十二句が代表句として掲載されているが、〈春の山のうしろから烟が出だした〉（辞世の句）を始め「南郷庵」での十五句が入っている。

放哉と並ぶ自由律の俳人種田山頭火は、放哉と同じく「層雲」のメンバーだが、生前の放哉に会ったことはない。しかも山頭火の方が年長。しかし、山頭火は放哉を師の如く慕っていた。放哉の死後、小豆島に放哉の墓を二度訪ねている。二度目に〈ふたたびここに、雑草供へて〉を作っている。

西光寺には、放哉・山頭火併記の句碑がある。

咳をしても一人　　放哉
その松の木のゆふ風ふきだした　　山頭火

但し小豆島では、俳人といえばまず放哉、そして井泉水である。井泉水に人気が集まる理由は、井泉水はこの地を七度も訪問、小豆島を「第二の故郷」と言い続けていたことだと思われる。どこへ行っても放哉と井泉水の話を聞かされた。

（「雪垣」平成21年12月号）

「心の眼」で見る

三宮麻由子さんに初めて会ったのは九年前、第四十九回日本エッセイスト・クラブ賞の授賞式の席上である。三宮さんは二冊目のエッセー『そっと耳を澄ませば』(日本放送出版協会)でクラブ賞を受賞した。その後も何度かお会いした。

彼女は四歳の時、ウイルスの感染で突然視力を失った。明暗がかすかにわかる程度で、いわゆる全盲である。両親の顔も記憶にない。しかし常に前向きだった。高校一年のときアメリカに留学。上智大フランス文学科に進み大学院博士課程前期を修了、現在は外国系通信社で翻訳の仕事をする傍ら、エッセーを書き続けている。

今年に入ってまた新しい本を出した。『空が香る』(文藝春秋)である。自作の俳句とエッセーの本で、あとがきに「四季を、味、嗅、聴、触の四感で味わうコンセプトでまとめた」とある。

いかにして俳句を詠むようになったか。

カギは鳥の声だった。野鳥の声を聴いて野鳥日記をつけているうちに、百以上の鳥の声を聴き分けるようになった。そのうち突然、自然が身体に染み込んでくるように思えてきた。鳥は、季節によって、一日の時間の経過によって、またその環境によって微妙に啼き方が異なる。そうした声は、春になると木々の緑を伝え、秋には紅葉を伝えてくれる。電線の上にとまって仲間を呼ぶ声、田園の農家の屋根の上とビルの上とでは啼き方が明らかに違う。自然が手に取るようにわかり始めた時、三宮さんは俳句に目覚めた。鳥ばかりでなく、周辺の自然の風景が想像できるようになった。

歳時記はボランティアに点訳してもらった。五冊の歳時記を点字本にすると三十冊にもなった。これを何度も読んだ。

そうして作った句。(『鳥が教えてくれた空』より)

芍薬の重き蕾を掲げけり　　麻由子

今朝も会ふ犬の散歩や栗の花　　〃

耳遠き祖父ひたすらに剪定す　　〃

点字の世界を歩き続けた彼女にとって、最近のコンピューターの進歩は、相当な「福音」となった。音声ワープロ、点字ディスプレーなどによって、彼女の「文字ライフ」は一気に広がった。今では広辞苑もコンピューターで読めるし、インターネットや翻訳作業も、若干の不便さは残るがほぼ自由自在なのである。

最新刊の『空が香る』に話を戻す。

彼女の俳句はさらに成長した。現在、俳誌「浮巣」同人のほか「椋」「薫風会」にも所属。俳人協会会員でもある。

『空が香る』を読むと、三宮さんは人間の五感のうち「視」を除く四感をフル動員して、自然を自らの身体の中に取り入れていることがわかる。彼女にとってはそれが当たり前のことで、第六感、つまり想像力を磨く以外にないと割り切っているし、またそれが視覚以上の鋭さとなって句を際立たせている。

ある時、野原で妙な音に出会う。友達と一緒に来ているのだが誰も気づかない。パチパチという音が鳴り続ける。「何の音?」と友達に聞いた。友達は「何も聞こえないよ」と言っていたがやがてその音に気づく。「草の実がはじける音だ!」。草は自然の摂理に従って静かにはじけていく。彼女は、草から彼らの呼吸を、言葉を、命の音を聞かせてもらった喜びにいつまでも浸っていた。

なにやらの聞こえて秋の野を去れず　　　麻由子

草の実の爆ぜる音良き日和かな　　　〃

浜辺の波打ち際を裸足で歩く。足の裏の波紋状の砂が波にさらわれて少しずつ少なくなる。そして最後の一点となったあと、他の砂と同じようになる。波紋状の砂は、手で触ると崩れやすく、なかなか輪郭がつかめないが、裸足だとよくわかる。点字ブロックを踏むように、大地の絵文字を踏み続ける。

残光を裸足で歩む浜路かな　　麻由子

「普通の人には五感がある。私には視覚がない代わりに第六感があるから、普通の人とは少し違うかもしれないけれど五感を持っている」と三宮さんはいう。「第六感」は、私達にとっては「なんとなく」「虫の知らせ」のようなものである。しかし、彼女にとっては「想像力」「推察力」あるいは「集中力」なのだろう。持ち前の前向きな姿勢と、たぐいまれなる努力によって「第六感」、すなわち「心の眼」を磨きあげたに違いない。

精神を集中させる時、人は目をつぶる。彼女は全盲であるが故に、集中力も並みはずれたものになった。

この能力は、エッセーや俳句以外の、さまざまな方面でも全開である。ピアノを弾けばプロ級で、リサイタルを何度も開催している。生け花は草月流師範。陶芸も相当な腕前である。

洋の東西を問わず、心身に障害があっても名を残した人は少なくない。古くは教育者のヘレン・ケラー女史、物理学者のホーキング博士、「心耳の詠み人」といわれた俳人村上鬼城、最近ではピアニストの辻井伸行氏がいる。

三宮さんのエッセーや俳句には「心の眼」でしか見えない鋭い感性がある。彼女はいずれ俳句の世界でも頭角をあらわす、と私はひそかに思っている。

（「雪垣」平成22年4月号）

恩師のこと

私はこれまで師に恵まれた。俳誌「雪垣」の中西舗土先生もそのお一人である。金沢・玉川町のご自宅を訪ねると、いつも静かな笑顔で私を迎えてくださった。

舗土先生はコーヒーがお好きだった。私が勤めていた新聞社のオフィスが金沢駅前にあったこともあり、よく都ホテルや郵貯会館でお会いし、コーヒーをご一緒した。コーヒーの本場ブラジルで、五年間の特派員生活を終えて帰国した直後だったので、コーヒーに詳しかった舗土先生との会話は尽きることがなかった。厚かましく俳句についてお尋ねすることも多かった。今となっては懐かしい思い出である。

大学時代の師、重田定正先生も忘れることができない方だ。卒論の指導、就職の相談、結婚式の仲人まで、とことんお世話になった。

医者である重田先生の授業は「精神衛生学」。学生は数人しかおらず、個人指導的な授業。教室での講義は少なく大学前の喫茶店「ルオー」での授業の方が多かった。先生も大のコーヒー好き。店内に漂う香りを楽しみながらの講義だった。

重田先生は「医師は他人のために存在する」との信念を貫いた方だった。大学では面倒なカウンセリングの仕事を引き受け、退官後は重症心身障害児施設の診療を担当された。私自身、先生の背中を見て過ごしてきたように思う。

私が新聞社の中南米特派員としてリオデジャネイロへ出発する直前、先生は私が住む川越にひょっこり来られた。

「喜多院の庭が見たいね」。徳川ゆかりの名刹「喜多院」には、江戸城と同じ形式の「小堀遠州流」の庭園がある。二人で書院の縁側に座った。一時間過ぎても先生はただ黙って庭を見ておられる。私も先生のそばに座り続けた。二時間を過ぎた頃、先生はやっと私の顔を見てこう言われた。

「良い時間だった。男には無言の会話というものがある」

先生は〈これが最後になるかも〉と思っておられたのかも知れない。案の定、私が五年後に帰国した時、先生は肺線維症が重篤化し、既に意識不明。そのまま他界された。

ところで私と俳句との出会いだが、まだ高校生の頃だった。思い出すのも恥ずかしい出来事と共に、「俳句」の二文字が心の中で疼くのである。

高校生時代の私は、手がつけられない「やんちゃ坊主」だったと思う。満洲からの引揚者、極貧生活のため両親が別居というあまりよろしくない環境で育った私は、アルバイトをし奨学金貸与を受けてかろうじて高校に通っていた。大学進学は夢のまた夢であった。劣等感の塊で、かなりのひねくれ者になっていた。

ある日下校の際、野球部員を相手に大喧嘩をしてしまった。私は一人、相手は八人。双方とも血だらけになり、喧嘩は先生の耳に入った。喧嘩両成敗。野球部員に対する処分は忘れたが、私は一週間の謹慎処分。授業には出席できるが、休み時間と放課後の一定時間、無人の化学教室で反省するというものだった。

老いた母が呼び出され、担任から処分を言い渡された後、母親と二人で校長室へ謝罪に行った。校長は野中保一郎先生。何もおっしゃらず、目の前で墨をすり、筆で短冊にさらさらと書き、私に渡してくれた。俳句だった。

　丹精の菊手折られし孫の手に　　北郎

あーっ、と思った。思わず涙が出た。母親と共に深々と頭を下げて退室した。この一句が何を意味しているか。私には百の説教よりもはるかにこたえた。申し訳ない気持ちで一杯だった。「一生他人を殴ったりしない」と心に決めた。

後で知ったことだが、短冊にあった俳号の「北郎」は、校長先生の顔にあった大きなホクロをもじったもので、先生ご自身が考えたものと聞いた。

卒業の時がきた。私は見栄を張って進学クラスにはいっていたが、結局経済的な理由から高校卒業後は公務員として働く道を選んだ。進学しなかったのは私だけ。卒業式のあと、野中校長は私を校長室に呼び、また短冊を下さった。

しつけ糸抜きて旅への春衣　　　　北郎

校長は、クラスメートが全員大学進学なのに、貧しくて就職しなければならなかった私を不憫に思われたのかもしれない。

野中校長の俳句は私を変えた。結局公務員は一年だけ。翌年大学を受験した。幸い合格。家庭教師などのアルバイトに明け暮れる学生生活を送ったが、何とか無事に大学を卒業し、今日に至っている。

高校時代の野中校長、大学の重田先生、俳句の中西先生は、ともに口数の多い方ではなかった。しかし、にじみ出るお人柄と風格は、お会いできなくなった後も脳裏から離れない。最近は口八丁手八丁の教師がもてはやされる時代だが、真の教育者とは、私がお世話になった三人の師のような方を指すのだと思う。

ことに野中先生には、俳句の「力」を教わった。たった十七字ながら、秘められた作者の思いが、読む者の心に広がってゆく。時には人間を変えてしまう「力」さえ持つ。あの俳句がなかったら、今日の私もなかったに違いない。

不勉強のせいで、私の俳句は一向に進歩がない。しかしあの世に行くまでには一句でいいから私らしい俳句を三人の子供に残したいと思っている。

（「雪垣」平成22年5月号）

歩く座禅

何冊かの遍路納経帖が手元にある。秩父三十四観音霊場の納経帖を見ると、一番札所の四萬部寺のページに平成三年三月二十四日と記されている。まだ会社勤めだった頃である。遍路に行ったのは定年後のことを模索していたからだと思う。

秩父霊場へ行ったのは、わが家から最も近い、というだけの理由。その後坂東三十三観音霊場、武蔵野三十三観音霊場、小豆島八十八ヶ所を回り、今年になってようやく四国八十八ヶ所を回り終えた。現在は西国三十三観音霊場を少しずつ歩いている。

こう書けばマニアみたいで不謹慎といわれるかもしれないが、別に決死の覚悟で行っているわけではない。別の用で行った町に霊場があれば、一、二か所立ち寄るという程度の気楽な遍路である。無論、一週間程度、その目的だけで旅することもある。だから、振り返ってみると、これまでに十八年の歳月が過ぎ去っている。

「お一人で行かれるのですか」とよく聞かれる。「寂しくないですか」とも。

一人で回るのが遍路の本来の姿だと思っているから、孤独を感じたことは全くない。なぜなら遍路の杖などに「同行二人」と書いてある。弘法大師と一緒に歩いている、という意味である。友達同士おしゃべりをしながらの遍路は好ましくない。寂しくなったら、お大師様と二人で歩いていると思えばいい。

大学の食堂に一人では行けない、という学生が増えているという。友達などから「孤独な奴だ」と思われるのが怖いから、というのがその理由だそうだ。一人の時はコンビニで弁当を買い、公園の人目につかないところで食べる。他人の眼を気にしながら、こそこそと生きているようだ。なんともはや、である。

一人でいるのが怖い。仲間と一緒でなければ不安だ。一人になると常に誰かとメールのやり取りをしている。仲間外れになればいじめが始まる。奇妙な世の中になったものだ。

そんな人には、遍路をお勧めする。事実、四国では若者の「歩き遍路」が増えている。千二百キロの道を歩いて回るのである。何人かの若者と言葉を交わした。時間はあるが、お金がない。だから野宿をすることも多いという。

身なりはみすぼらしいが一様に礼儀正しく、いきいきとしているのが印象的だった。「歩き遍路」が人間を変えたのか。とにかく都会でよく見かける軽薄な人間とは異なり、逞しさを感じたことは間違いない。

今私は近畿地方の西国三十三霊場を回っているが、正直いって全ての行程を「歩いて」いるわけではない。電車やバスが使えるところは大いに利用する。ただ、札所となっているお寺が山の中腹や頂上にあることも。バスの便も、一日二、三本程度だったり、縁日にしか運行していない場合もある。

そんなところは、どれほど時間がかかろうと、二本の足に頼るしかない。急な坂道を片道二時間くらい喘ぎながら登らなければならないことも少なくない。急な下り坂は、上り以上に苦しい。つま先に体重がかかって、足の指に血マメができるからである。

遍路で学んだことは多い。朝食はなるべく軽く。朝食を食べ過ぎると体が重くなって苦しい。朝はコーヒー一杯でもいい。

歩き始めは、ゆっくりと半分の速度。歩き始めを急ぐと、すぐにバテてしまう。坂道にさしかかった時は特に注意が必要だ。一歩一歩を大切に歩く…等々。

朝日新聞で「天声人語」を執筆していた論説委員の辰濃和男氏は四国八十八ヶ所を五回歩いた人。その著『歩き遍路』(海竜社)で、遍路は「土を踏み風に祈る。それだけでいい」と書いている。私はまだその境地には達していない。ただ「ほぼ無心の状態で歩く」ことはできるようになった。

遍路でつらいのは、大雨で風が強い日に急な坂道をのぼること。雨水が道に集まって、川のように流れ落ちてくる。時間と共に雨は雨具を突き抜け、靴には水が入り込んできて一歩ごとに「グジュグジュ」と音がする。「苦がなければ楽はなし、楽がなければ苦はない。明がなければ暗はなく、暗がなければ明もない」と繰り返しつぶやいている自分に気づく。

大阪・和泉市にある西国霊場四番札所施福寺で、ご住職とお会いする機会があった。私が「遍路って『歩く座禅』のような気がします」と申し上げると「お気づきになられましたか。実際に歩かないと出てこないお言葉です」と微笑まれた。

遍路には、不思議な魅力がある。どんなに苦しくとも、時間がたてばまた遍路に出かけたくなる。

江戸時代、山口・周防大島の庄屋の次男として生まれた中務茂兵衛は、十九歳の時、四国遍路に出た。以後一度も故郷に戻ることなく二百七十九回の「歩き遍路」を続け、二百八十回目の遍路の途中、七十六歳でその生涯を閉じた。

四国遍路の道中、百二十七回目という長崎の方に出会った。「私はきっと『お遍路病』なのでしょうね」と笑っておられた。実に柔らかい物腰ながら、威厳を感じた。

私など「お遍路病」には程遠い。札所巡りは、全国各地に多数ある。旅好きの私は、同じところに行くより、いろいろな札所巡りの方に魅力を感じる。さあて、西国が終わったら、今度はどこに行こうか。佐渡か、九州か…。

（「雪垣」平成22年7月号）

湯田中の一茶

西国三十三霊場巡拝を無事終えて、信州・善光寺にお礼の参拝に行ったついでに少し北にある山ノ内町の湯田中温泉を訪ねた。独特な俳風の句を、生涯に二万以上作った小林一茶（本名弥太郎）が、晩年最も愛し、頻繁に訪れた温泉街である。

裏山に「一茶の散歩道」という遊歩道があった。朝露をかき分けて、一茶の句碑を見ながら四十分ほどの山道を歩いた。とても爽快だった。

江戸で俳諧の修行をし、九州、四国、関東などを行脚していた一茶が、生まれ故郷である北信濃・柏原宿（現信濃町）に戻ってきたのは文化九年（一八一二）。老後の生活のため、十年間続いた遺産相続をめぐる弟との争いに決着をつけることと、北信濃での俳諧宗匠としての地位を確立するためだった。

湯田中温泉にも何人かの門人がいた。中でも湯治宿「湯本屋」の六代目当主、湯本希杖（本名孫助、襲名五郎治）は、一茶が柏原を「終の棲家」と定めた翌年の文化十年に一茶門下となり、熱心に一茶を湯田中に誘った。一茶は、門人と共に、湯田中で頻繁に連句の会を持った。湯本希杖の息子、其秋も、時を経ずして一茶の門人となった。

「湯本屋」は三百年の歴史を持つ湯田中では最古の温泉旅館の一つで、現在は「湯田中湯本」という名になっている。

柏原に戻った翌年、一茶と弟との遺産争いが和解となった。一茶は屋敷を含む田畑など、遺産の半分を手にし、二十四歳年下の菊と結婚した。田畑は小作人にまかせて、北信濃の各地へ俳諧指導の行脚を開始。しかし、文政三年（一八二〇）に中風（脳血管障害）の一回目の発作が起きた。そして湯治のため、湯田中の「湯本屋」に通い始める。

一茶は「湯本屋」本館に近い夜間瀬川沿いにあった離れ座敷に宿泊した。「湯田中湯本」の十四代社長、湯本五郎治氏によると、一茶は逝去する文政十年（一八二七）まで通いつめ、宿泊は百五十二日に及んだ。

湯田中での一茶は『温泉之記』を書いた。当時、この一帯は「田中」と呼ばれていた。「湯田中」という呼び名に変わったのは、一茶がここで「湯」の句を多く作ったためといわれる。

現在、湯田中の中心街に建てられている句碑は三つ。いずれもこの地での作句。

雪ちるやわけすててある湯のけぶり　（湯田中大湯前）

三弦のばちで掃きやる霰哉　（わしの湯前）

子どもらが雪喰ひながら湯治かな　（梅翁寺前）

「湯本屋」の希杖、其秋は、湯治に通ってくる一茶を丁重にもてなした。それは一茶が三度目の発作を起こし、六十五歳でこの世を去るまで続いた。

「湯本屋」には膨大な一茶自筆の記録や書簡類が残された。収集癖があった希杖がここを訪れた一茶に頼んでこれらを残してもらったという話もある。『一茶全集』（信濃毎日新聞社）の内容の五割は「湯本屋」に残された資料から、というから相当なものだ。

地方の一俳諧師だった一茶を、国民的俳人の座に押し上げたのは、種田山頭火や尾崎放哉の師で自由律俳句の提唱者である荻原井泉水だった。井泉水は、松尾芭蕉の研究者としてもその名が知られている。

井泉水は、大正六年（一九一七）に初めて「湯田中湯本」を訪れている。そして膨大な一茶の遺稿、遺墨に感動、時間をかけてこれらを分類、整理して一茶の名を世に広めたのである。

彼は「湯田中湯本」になんと三十年間も通いつめ、一茶の研究に没頭した。「湯田中湯本」では、井泉水が宿泊して一茶を研究していた離れ座敷を平成十三年に改造、一茶と井泉水が残した資料を集めて「小林一茶・荻原井泉水記念俳句資料館・湯薫亭」を開館した。「湯薫亭」の「湯薫」は、一茶と親しかった湯本希杖の、もう一つの雅号である。

「日本一小さな博物館」をうたった「湯薫亭」は、八畳間が二つのミニ博物館だった。しかしその所蔵する資料は圧倒されるものばかり。ここを管理している湯田中文化保存会の小野久雄氏（元よろずや旅館社長）の案内で見学した。以前、諸説あった一茶の誕生が、宝暦十三年（一七六三）五月五日（旧暦）と確定したのは、ここに残された書物の裏表紙に一茶自身の字で出生日が書き込まれていたためだそうだ。

井泉水が見過ごした新しい資料もその後見つかっている。『与州播州雑詠』という和綴本があるが、二つ折りになった紙の裏側に『日々草』という連句集が書き込まれていたのである。一茶がまだ無名だった寛政の時代に編んだものである。これらの貴重な未公開資料を集めた『湯薫亭一茶新資料集』が五年ほど前に発行されたが、東京でいくら探しても見つからなかった本。今回、湯田中を訪れたのは、それを入手するためでもあった。

「湯薫亭」で驚いたことがもう一つあった。湯本希杖は江戸後期の高名な俳諧師だった桜井梅室と親交があったことである。希杖が、江戸に住んでいた梅室を訪ねた時に貰ったらしい梅室真筆の「芭蕉座像」がこの記念館に展示されていた。

桜井梅室は金沢の出身。ちなみに兼六園にある芭蕉の句碑〈あかあかと日は難面も秋の風〉は、梅室の筆による。

（「雪垣」平成22年12月号）

神になった芭蕉

「おくのほそ道を訪ねて」という団体ツアーがある。芭蕉が歩いた二千四百キロの道を十六回に分けてたどるというものだ。大半は、既に訪ねたことがある場所。しかし「旅立ちの地」とされる東京・深川は、なぜかこれまで縁がなかった。

そこで全行程十六回のうち、東京・深川から埼玉を経て栃木・室の八島に至る二回分、二日間のツアーに参加した。

寛永二十一年（一六四四）に伊賀の農家の次男として生まれた松尾芭蕉（本名宗房）は、三十一歳の時江戸にやってきて、苦労を重ねた末、三十四歳で俳諧宗匠として独立。俳諧の中心、日本橋小田原町に看板をあげた。俳号は「桃青」だった。

芭蕉は謎の人物だ。公儀隠密説がある。女性関係も見え隠れするが定かでない。動静がかろうじてわかるのは、四十一歳の時に記した『野ざらし紀行』以降で、それも諸説が乱れ飛んでいる。謎が多い理由の一つに、芭蕉自身が日記のようなものを一切書いていないことがあげられる。

芭蕉が深川に転居したのは延宝八年（一六八〇）。魚問屋の杉山杉風がいけす番小屋を芭蕉に提供した。これが第一次芭蕉庵。深川への転居理由として、経済的破綻、純粋に文芸的なもの、女性問題など諸説あるが、よくわからない。

この庵で俳号を「芭蕉」と変えた。門下の李下が、芭蕉の木を庭に植え、それが見事に育って評判になったからだ。この芭蕉庵は、天和二年（一六八二）の江戸大火で焼けてしまった。芭蕉は隅田川に身を沈め、難を逃れたという。

第二次芭蕉庵は、友人の山口素堂ら五十二人が出しあった資金で、旧芭蕉庵の近くに再建された。〈古池や蛙飛び込む水の音〉は、ここで詠まれたという。

芭蕉は『おくのほそ道』の旅に出るとき第二次芭蕉庵を手放した。〈草の戸も住み替はる代ぞ雛の家〉がその時の句である。そして隅田川につながる伊達堀川沿いにあった杉風の別荘「菜茶庵」に移った。

一ヶ月あとの元禄二年（一六八九）三月二十七日（旧暦）、『おくのほそ道』の旅に出発。門人らと千住まで行きそこで別れる。千住大橋で詠んだ句が〈行春や鳥啼魚の目は泪〉である。初案句は〈鮎の子の白魚送る別れかな〉。芭蕉がのちに筆をとった『おくのほそ道』では「行春や…」になった。『曾良日記』で知られる河合曾良とは、千住で落ち合ったらしい。

旅のあと芭蕉は江戸に戻ったが、住む場所がなかった。そこでまた杉風らが資金を集め、前の庵の近くに新しく第三次芭蕉庵を建てた。その後、芭蕉は関西へ旅立ち、大坂（現在の大阪）でこの世を去る。第三次芭蕉庵は、幕末、明治初頭の混乱のため、正確な場所はわからなくなったという。

現在は江東区常盤一丁目の芭蕉稲荷神社が「芭蕉庵跡」とされている。大正六年の台風の際発生した高潮で、付近一帯が浸水。水が引いたあと、ここから芭蕉が庭に置いたと伝えられる石の蛙が発見されたからだ。地元の人達は、そこに芭蕉庵があったと考え、芭蕉の名を頭につけた稲荷神社を建てて「芭蕉庵跡」とした。発見された石の蛙は、現在江東区芭蕉博物館にある。

話は戻る。千住で門人らと別れた芭蕉は、曾良を伴い日光街道を北上したが、私達ツアー参加者も、バスと徒歩でそのあとを辿った。

芭蕉は「その日やうやう草加といふ宿にたどりつけり」と書いているが、同行の曾良が記した『曾良日記』には「廿七日カスカベ（粕壁＝現在の春日部）ニ泊ル。江戸ヨリ九里余」とある。曾良の方が正確らしい。日光街道に面した春日部の東陽寺には、芭蕉らが泊まったとする碑がある。

ツアー二日目の夕刻、大神（おおみわ）神社に着いた。境内の池に八つの小島があり、島ごとに富士浅間神社や鹿島神社など、関東の八神社が安置されている。これが「室の八島」である。芭蕉の『おくのほそ道』ではこの「室の八島」は簡単に触れられている程度だが、曾良は『曾良日記』に続く『俳諧書留』の中で「室の八島」の項を設け、五句を記している。そのうち〈糸遊に結つきたる煙哉〉〈あなたふと木の下闇も日の光〉の二句は「翁」の作としており、明らかに芭蕉の句。

「あなたふと…」は『おくのほそ道』で出てくる日光での句〈あらたふと青葉若葉の日の光〉の初案句とみられる。初案句の「木の下闇」は、三代将軍家光が整備した日光東照宮の比較的新しい風景というより、千年の歴史を持つ大神神社境内の景色と見た方が自然。芭蕉はこの初案句をのちに日光での句にしたのではないか。

『おくのほそ道』は、旅が終わったあと芭蕉が練りに練って綴った紀行文である。緻密に構想を練り、句も慎重に選び、手直しをしたようだ。多少のフィクションが入っているのかもしれない。とにかく『おくのほそ道』には謎が多い。

後日、深川の富岡八幡宮を参拝した。境内に「花本社」（はなのもとしゃ）という末社があった。祭神は「花本大明神」。芭蕉の神号である。「花本」は芭蕉が尊敬していた西行法師の辞世の歌〈願はくは花の下にて春死なむその如月の望月のころ〉に由来する。寛政年間に有志が神社を建て、天保十四年（一八四三）に、俳人田川鳳朗が二条家に請願し、芭蕉に神号が与えられた。

俳聖芭蕉は、本当の「神様」になっていた。

（「雪垣」平成23年1月号）

吾妻峡、草津そして嬬恋

この一帯の初冬の天候は北陸と似て、雪かと思えば青空が広がる。そんな中、群馬の吾妻渓谷から嬬恋を目指した。

それは、かつて前田普羅が歩いた道であり、中西舗土先生や普羅研究をライフワークにしている雪垣同人の平手ふじえさんが何度も通った道である。

ＪＲ吾妻線の川原湯駅で下車。吾妻川の渓流に沿って長野原草津口駅まで、雪模様の吾妻渓谷を八キロほど歩く。

途中「八ッ場ダム」の工事現場を通る。吾妻川をせき止めて多目的ダムを作ろうというもので、名勝「吾妻峡」の四分の一が湖底に沈むという。

工事はどんどん進んでいる。道路や吾妻線の線路付け替えや代替住宅地の整備などが最終段階になっている。住民の移転、移住も九割方終わった。「自然を愛した普羅がこれを見たら何というだろう」と思いながら、ひたすら歩いた。

長野原草津口駅からバスに乗り、草津温泉に向かう。草津温泉の積雪は三十センチになっていた。草津で忘れられないのは中沢晁三さんである。残念なことに平成十五年、脳梗塞で亡くなった。八十二歳だった。

私と中沢さんとのお付き合いは、観光地の取材のため草津を訪れた昭和五十三年に始まった。当時、草津の老舗旅館「大阪屋」の社長だった中沢さんはこの地に日本で初めてのペンションを作った。また「大阪屋」が所有する山林を開発、マンションやドイツ式のリゾート温泉ホテルに変え、「日本ロマンチック街道」を創設し、「歩み入るものにやすらぎを、去りゆくものにしあわせを」という草津町民憲章制定に尽力した。ハンセン病や皮膚病患者の湯治場として、あまり良いイメージでなかった草津温泉に、ヨーロッパのような温泉リゾート地の要素を取り込み、観光客を飛躍的に伸ばした人なのである。

中沢さんは、また文化人でもあった。自身大病を患ったが、その闘病生活の歌集『生きてあれば』(紅書房)を上梓したアララギ派の歌人で、草津の「道の駅」には歌碑もある。温泉と草津の歴史に関する著作も多い。

だが、前田普羅が中沢さんと接点を持っていたことは、草津でもあまり知られていない。中沢さんは若い頃、普羅の「辛夷」に投句、「大阪屋」で四度にわたって開催された普羅の句会に出席、普羅の指導を直接受けたこともあったのだ。

平成七年九月、中沢さんは自分が経営する草津の「ホテル・ヴィレッジ」で「前田普羅《春寒浅間山》展」を開催した。これには中西舗土先生を始め、平手ふじえさんが参画、二ヶ月半のロングランになった。特に平手さんは草津に長期間滞在、企画から資料集めまでを引き受けたその働きぶりは、今でも語り草になっている。

草津では、中沢さんの未亡人、すゞいさんにお会いできた。彼女も、当時の平手さんの活躍を、懐かしそうに話しておられた。

ところで普羅は、草津のハンセン病施設「栗生楽泉園」に何度も足を運び、俳句の指導をした。楽泉園句会で、普羅をうならせたのが若き日の村越化石だった。化石はその後大野林火主宰の「濱」に加わり「魂の俳人」と称されて俳句界の数々の賞を受けた。平成三年には紫綬褒章を受章している。

私が草津へきて、三日目に雪が止んだ。浅間山がよく見える「栗生楽泉園」へ急いだ。楽泉園からは、期待どおり裾野まで真っ白に雪化粧した浅間山が見えた。恐ろしいほど美しかった。普羅が浅間山を愛し続けた理由が、私にも少しわかったような気がした。

事前の約束をとっていなかったので面会は叶わなかったが、米寿を迎えた化石氏は今もお元気で、句作に励まれているとのことだった。

草津からバスで嬬恋に向かった。普羅がいつも句会を持ち、定宿にしていた嬬恋村三原の「中居屋」を訪ねるためである。旅館は廃業していたが、割烹料理店として営業していた。建物は当時のまま、とのことだった。

「中居屋」は、江戸末期に横浜で生糸貿易商を営み大成功した豪商中居屋重兵衛、本名黒岩撰之助の実家である。重兵衛は幕府に不満を持ち、水戸藩士に短銃を提供するなど「桜田門外の変」に関係し、江戸の隠れ家でナゾの死を遂げる。その墓は「中居屋」の裏山にあり、現在は群馬県の史跡に指定されている。

今、経営者は黒岩幸一さんといい、重兵衛から数えて七代目。五代目の黒岩敏而は「長虹」の号を持つ俳人だった。普羅は長虹と親密になり「中居屋」に十年以上足しげく通った。だからここには普羅直筆の短冊や句帳が数多く残っている。

浅間山に続くこの地を、普羅はことのほか好んだ。一時期「中居屋」に近い鎌原というところでの永住を考え、実際に現地へも足を運んだ。黒岩さんに見せてもらった普羅自身のメモ。

「昭和二十一年六月二十五日。浅間山の裾、鎌原に住まんと思ひ今日裾野に立つ」

この孀恋移住計画は、平手さんが「雪垣」に書いた『普羅逍遥』によれば、富山で「普羅庵」建設の話が進み、ついに実現しなかった。

今回の旅では、私の心は常に浅間山にあった。特に冬の浅間山からは、妥協を許さない厳しさが伝わってくる。俳句と自らに妥協することがなかった普羅を象徴しているかのようだった。

（「雪垣」平成23年3月号）

仙石原の春

今年程気が重く暗い春はなかった。東日本大震災のためだ。二万八千人の死者・行方不明者。それもまだ増えるとのこと。会社の後輩も津波で命を落とした。

私が住んでいる埼玉県川越市は震度5弱。家屋の屋根瓦が壊れ、墓石が倒れたりしたが、被害は僅少。わが家は棚のものが落ち、庭の灯籠が倒れた程度だった。

それよりも福島原子力発電所事故の影響が大きい。放射能騒ぎは尾を引きそうだし、冷房などで需要が増大する夏に向けて電力事情が厳しくなり、計画停電は避けられないといわれる。日本経済への影響は計りしれない。

東京の隅田川両岸にある桜の名所、隅田公園へ行った。桜は満開。近くに高さ六百三十四メートルの「東京スカイツリー」がある。あの大地震でも何ら影響はなく作業員も無事だったという。スカイツリーという名所が加わり、景色は最高だったが、人の姿はまばら。恒例の「隅田公園さくらまつり」は中止となった。

上野公園の「さくらまつり」も中止。石原都知事の「花見自粛」発言があり、その影響で花見客は少なめ。人の波は動物園のパンダ見物へ流れていた。桜並木では何組かの若者のグループが車座になって酒盛りをしていたが、気勢は上がらず控え目の感じ。節電のため夜間照明が消され、夜桜は見ることができなかった。

箱根へ行ってみた。特に仙石原が好きで毎年数回は訪れている。海抜六百メートル、仙台とほぼ同じ気候だとか。春は、東京に比べ十日ほど遅れてやってくる。

東京や小田原の桜は満開でもここでは二分咲き。それはそれで風情がある。仙石原には「箱根ガラスの美術館」「ポーラ美術館」「星の王子さまミュージアム」などいくつもの博物館や美術館がある。中でも「箱根湿性花園」という植物園はなかなかの人気だ。この植物園には、仙石原や全国の湿地に自生している植物二百種を含め千七百種の植物があり、四季折々の花を咲かせる。春ともなると多くの観光客が押し寄せるのだが、今年は震災の影響からか閑散としていた。四月末までに七十種程の花が咲くというが、なぜか今年は例年より春が遅い。私が行ったときにはミズバショウやカタクリなど十種類程度しか咲いていなかった。

湿性花園の近くには、有名な「ススキ群生地」がある。台ヶ岳（一〇四五メートル）の山麓、二十数ヘクタールに広がるススキの群生地は、晩秋に見事な白い穂の波がうねり、箱根名所の一つになっている。

灌木や雑草類がはびこるのを防ぐため、毎年三月には野焼きが行われて来た。五十人の消防署員を含め、町役場の職員ら二百人を動員、群生地の中を通る県道を通行止めにして行う野焼き。ススキを焼くと見晴らしがよくなり、白い穂がなびく秋とは一味違った黒を中心とした風景に変わる。

この春は、思わぬ景色が広がっていた。一面が枯れススキのままなのである。野焼きが行われなかったためだ。湿性花園の人に聞いて納得した。消防署員が東日本大震災の救援で福島その他へ動員されたため、今年は野焼きを中止せざるをえなかったのである。震災の影響は、こんなところにまで来ていた。

周囲を見回す。そういえば箱根の町は「富士山クラス」の巨大火山「箱根山」の火口に出来た観光地だ。仙石原は大きなカルデラ湖の跡。だから湿原が残っているのである。大涌谷では、今も火山活動が続いている。もし九州の普賢岳や新燃岳のようにマグマが噴出してきたら、箱根はどうなるのだろう。二千年前、イタリアのポンペイは、ベスビオ火山の突然の噴火で壊滅した。箱根が活火山そのものということは知っていたが、今回改めて自分が火山のど真ん中にいることを実感した。

マグニチュード9・0の地震、二十メートルの大津波、原子力発電所のまさかの大事故。自然の前では人間とその知識などは、吹けば飛ぶようなものである。この震災での教訓は「万が一の時は逃げる」ということの大切さである。世界一と思っていた防波堤は、何の役にもたたなかった。それに比べ、避難訓練を重ね、短時間で高台へ逃げることを考えていた地域の住民は、そのほとんどが無事だった。

岩手、宮城、福島県の太平洋沿いは、部分的に壊滅的なダメージを受けた。復興を急がなくてはならない。しかし、自然の脅威を考えると、単に「復興」を急ぐだけではあまり意味がない。人命を第一に考え、すばやく非難できる体制づくり、避難場所、建物の安全性を再検討し、津波の恐れがある場所では、住居などの制限を考えなければならないかもしれない。少なくとも学校や老人・障害者施設などは海岸に近いところは避けるべきだろう。他人事ではない。北海道から沖縄まで、日本列島はどこでも巨大津波に襲われる危険性はある。被災地の経験とその復興が他の地域のお手本になることを祈る。

大正時代の詩人、山村暮鳥の詩を思い出した。

《さくらだといふ／春だといふ／一寸お待ち／どこかに／泣いている人もあらうに》

阪神淡路大震災に続き、今回の東日本大震災で、日本の社会に「相互扶助」の心が大きく芽生えた。巨額の義援金、多くの支援物資が集まり、多数のボランティアが現地で汗を流した。合言葉は「がんばれニッポン！」。

大地震は悲劇だった。でもささやかではあるが収穫もあった…そんなことを仙石原の春風に吹かれながら考えた。


（「雪垣」平成23年6月号）

埼玉の「武蔵野探訪」

高浜虚子は俳句に関して特に厳しかったといわれる。桜井正信・駒沢大教授は『武蔵野探訪』（有峰書店、昭和四十四年）のあとがきでこう書いている。

「（虚子は）俳道の厳しい態度を終始変えることなく、ホトトギス派の格調高い作品を選した…」

わが家からそんなに遠くない埼玉県桶川市の「さいたま文学館」で「武蔵野を詠む—埼玉とホトトギス派の俳人たち」という企画展が開催されていたので、何はさておき行ってみることにした。

虚子を中心とするホトトギス派の俳人たちは、関東周辺の名所を訪ねる「武蔵野探訪」という名の吟行会を毎月開催していた。吟行会は昭和五年から十四年まで、計百回に及び、月刊俳誌「ホトトギス」の毎号にその様子が掲載された。

百回のうち、埼玉県内で開催された吟行会は十回。今回の企画展はそれらを紹介したものである。

徳川家康の指南役だった天海僧正の寺、川越の喜多院や、狭山茶で知られる「狭山」、東武東上線志木駅に近い「平林寺」など、私もよく訪れる場所が選ばれていて、興味津々だった。

「武蔵野探訪」に参加した俳人は毎回十五人から三十人ほど。埼玉県内で行われた十回の吟行には、高野素十、岡安迷子、高浜年尾、富安風生、中村草田男、星野立子、松本たかし、水原秋櫻子、山口青邨などそうそうたる俳人が名を連ねている。

百回の吟行は「ホトトギス」で連載されたあと、三年後の昭和十七年に「甲鳥書林」から文庫本の大きさ、上中下の三分冊の形で出版された。

戦後の昭和二十三年には、これと同じ形式、大きさで「養徳社」から同様三分冊の復刻版が出された。本の名は、いずれも『武蔵野探訪』である。さらに昭和四十四年には「有峰書店」から従来の三分冊をまとめて一冊にした『武蔵野探訪』が二度目の復刻版として刊行された。同じ内容のものがこれだけ多くの出版社から刊行されたのは珍しい。前述桜井教授の一文は、有峰書店の復刻版に出ている。

さて企画展だが、「武蔵野探訪」の際の多くの写真や短冊、句額などが所狭しと並べられていた。いずれも埼玉県内に残されているもの。ことに虚子の物が多く、あの有名な〈春風や闘志抱きて丘に立つ〉の一句も、自筆の短冊と句額が展示されていた。

企画展で感じたことは、ホトトギス派俳人の句の見事さは当然のことながら、俳誌「ホトトギス」に、この吟行の様子を書いた俳人達の文章の巧みさだった。

埼玉県内で最初の吟行が行われたのは、今でも武蔵野の面影を色濃く残す曹洞宗の名刹「平林寺」

である。吟行会は昭和五年十一月九日に行われ、スタートから数えて四回目だ。

富安風生が「ホトトギス」に吟行記を寄せた。

「一筋の白い道をのせたゆるやかな傾斜の丘が大波をうちながら遠く連ってゐる。その丘はあをあをとした大根畑であったり、麦蒔がすんだばかりの真黒い土の畑であったり、末枯の芋畑であったりする。丘の上に現はれたり、半分ほど隠れたりして大きな百姓家があり、欅の木立があり、赤松や雑木の林があり、葉をふるひ始めた欅の森は茶褐色に焦げくすんでゐる…」

俳人の感性で書いた一文で、細やかな描写や、美しい文章の流れは、私達「物書き」が学ぶべきお手本といってよい。

平林寺は、川越藩主だった松平伊豆守信綱の菩提寺。川越の街を整備し、多くの農業用水を作るなどの業績を残した信綱は「知恵伊豆」と呼ばれていた。

虚子はこの寺で〈知恵伊豆の墓に俳句が詣りけり〉を詠んでいる。

さて、今の埼玉の俳人は、現代俳句の金子兜太や松本旭などが知られているが、当時の埼玉には傑出したホトトギス派の俳人がひしめいていた。中でも川島奇北と岡安迷子は、一目も二目も置かれる存在だった。

川島奇北は慶応二年、北埼玉郡須加村（現行田市）の生まれ。農業、養蚕業に従事する傍ら、埼玉県議会議員や須加村の村長を務め、三十歳過ぎから子規の門に入った。子規より一歳年上でホトトギスの長老格。中央俳壇から距離を置き「田園俳人」として一生を終えた。子規、虚子とはきわめて親密な交流があり、第十四回の武蔵野探訪では、奇北の邸宅が会場になったほどである。代表句は〈二歳駒買れて来たり春渡船〉。羽生市にこの句碑がある。

岡安迷子は明治三十五年生まれ。北埼玉郡不動岡町（現加須市）の紺屋の長男として生まれた。俳句は、二十代のとき、川島奇北に出会ってから始めた。不動岡町長を務めながら虚子に師事、俳道に邁進する。虚子の信頼が厚く、太平洋戦争末期から戦後にかけて、迷子の自宅が「ホトトギス」の仮発行所になったほどである。代表句は〈神の燈のほのと明るき夜霧かな〉で、秩父・長瀞の宝登山神社にその句碑が建っている。

企画展には多くの色紙、短冊、書簡などが数多く展示されていたが、この頃のホトトギス派俳人の真摯な作句態度と気迫が伝わってくるようで、身の引き締まる思いがした。入場者は結構多かった。にもかかわらずしわぶき一つ聞こえなかった。どうやら他の人も、私と同じ思いだったらしい。

（「雪垣」平成24年1月号）

箱根路の風

箱根で年を越した。新年恒例の箱根駅伝（東京箱根間往復大学駅伝競走）を、箱根で見たかったからである。今年は五区の「箱根の山のぼり」で、「山の神」の異名を持つ東洋大学四年生の柏原竜二選手が、四年連続の区間賞をとるか、また区間新記録を出すかどうかが注目された。

今回八十八回を迎えた箱根駅伝は、数多い駅伝の中でも話題が多い。関東の強豪大学二十チームと学連選抜一チームが一月二、三日の二日間、東京―箱根往復十区間で争うもので、各区間はそれぞれ二十キロ前後。標高差八百六十四メートルの箱根の山を一気に駆けのぼる区間もある。距離は往路、復路を合わせると二百十七・九キロという長丁場。だから様々なドラマ、ハプニングがある。

小田原中継点から箱根町芦ノ湖までの往路五区のほぼ中間点、箱根小湧園前へ行った。午後一時少し前にトップが通過する予定になっているのだが、二時間前の午前十一時頃には、もう道路沿いは人、人、人。「こんなに人が集まったのは初めて」という常連ファン。柏原の走りを見るのがお目当てなのだ。

この辺りは道が蛇行しているので、見通しがきかない。だが、上空を飛んでいるヘリコプターや選手の通過を知らせる花火の音、ラジオ中継などで、選手が今、どの辺を走っているかが大体わかる。やがて白バイ、パトカー、報道車が現れる。と思う間もなく独走状態になった柏原選手が、あの特徴ある顔を左右に振りながら近づき、上り坂なのにあっという間に走り去った。まさに一瞬の出来事だった。

二位の選手が現れない。一分、二分…。三分を大きく回ったところでようやく早稲田大の選手が…。各大学の選手が現れるたびに、大きな歓声が湧き、応援の旗が振られる。

この区間で東京農大のドラマが。小田原で五区を走る津野浩大選手がこの朝体調を崩し、嘔吐したほどだったが、選手交代の申告タイムリミットが過ぎていたため体調不良のままタスキを受け取り、たちまち脱水症状となった。ジョギング程度のスピードでしか走れず、たちまち最下位に。だが、津野選手はよろよろしながらも走り続けた。私が見ていた小涌園前では、先頭の東洋大から三十分近くの遅れ。にもかかわらず沿道の観衆は全く動くことなく東京農大の通過を待ち続けた。そして歯を食いしばって通過する津野選手を、大きな声援と拍手で励ました。先頭の柏原選手の通過時より大きな声援だったように思えた。

東洋大の柏原選手は、トップで往路のテープを切った直後「僕が苦しいのは一時間ちょっと。福島の人に比べると全然きつくなかった」と語ったという。柏原選手は福島・いわき市の出身。東日本大震災の地震被害と、原発事故で苦しむ故郷の人達に思いを馳せながら走ったのだろう。

二日目は復路。途中経過を確認しようと前日に平塚入り。朝、平塚海岸沿いの道を走る選手を間近に見た。往路で二位に五分七秒の差をつけた東洋大は、復路でも各選手が驚異的な走りで断然トップ。結局そのままゴールインした。

終わってみれば、東洋大は往路、復路とも歴代の記録を塗り替える新記録。総合でも新記録で完全優勝。往復十区間を走った十選手のうち六選手が区間賞（区間一位）、うち往路五区柏原選手と復路七区の設楽悠太選手が区間新記録という、信じられないほどの記録づくめの栄冠を勝ち取った。

実は、私が住む川越に東洋大のグラウンドがあり、柏原選手を始めとする陸上競技長距離陣が家の近くの道路で毎日練習している。私の孫など、練習中の柏原選手に握手をしてもらうなど、東洋大の選手は極めて近い存在なのだ。

東洋大といえども、楽をして栄冠を勝ち取ったわけでない。前回の八十七回の箱根駅伝で、往路優勝はしたものの復路で早稲田大に逆転され、総合でも二十一秒という僅差で三連勝を逃し、二位に甘んじた。よほど悔しかったのだろう。駅伝が終わった次の日から「攻めの走り」を合言葉に、基礎に戻って練習を重ねたという。

最優秀選手賞（金栗杯）には「山の神」こと柏原選手が選ばれた。優勝チームのキャプテンでもあり、その活躍からみて当然である。

後塵を拝した駒沢大、明治大、早稲田大、青山学院大などの強豪は、次の箱根駅伝で、「打倒東洋大」を掲げてくる。東洋大は、柏原に匹敵する「山のスペシャリスト」を育てられるかどうかがカギになるだろう。

そうそう、あまり知られていないが、箱根駅伝には「もう一つの箱根駅伝」がある。毎年駅伝が終わった翌一月四日から、参加校の学生が三人から五人のチームを組み、東京―箱根往路五区間の沿道のゴミを拾って歩く「大学対抗ゴミ拾い」が行われるのである。

十数年前に、参加校だった神奈川大が始めたものが広がったのだという。駅伝に出場した大学はもちろん、できなかった各大学陸上競技の部員が参加している。最近では一般の人も加わっているようだ。この話は平塚中継所付近で聞いた。

駅伝そのものも素晴らしかったが「もう一つの箱根駅伝」の話も、それに勝るとも劣らない新春の「爽やかな風」であった。

（「雪垣」平成24年3月号）

スカイツリー設計

武蔵国（むさしのくに）にちなんだ高さ六百三十四メートル、世界一の自立式電波塔「東京スカイツリー」が開業した。大変な賑わいである。着工から開業までの期間は三年十ヶ月だった。

開業を前に、東京・神田の学士会館で設計を担当した日建設計のプロジェクト・マネジャー、慶伊道夫さんの講演があったので聞きにいった。

慶伊さんは京都大工学部出身で、構造設計が専門。今回、スカイツリーの構造設計チームのチーフと同時に、設計全体の総責任者もつとめた人である。

学士会会員限定という内輪の講演会だったが、今をときめくスカイツリーの話が聞けるとあって、普段の講演会の倍以上、二百四十人が参加した。慶伊さんの話は専門的で、文系の私にはなかなか難しかったが、それでも結構面白かった。

まず、スカイツリーは、在京のテレビ放送各社の要請で検討が始まった。東京は高層ビルが増加し、テレビの映りが悪い地域が増えた。そこで従来、電波を出していた東京タワーに代わる新テレビ塔が必要になった。数ケ所の候補地があったが最終的に東武・浅草駅にほど近い東武鉄道貨物駅跡地での建設が決まった。この跡地は幅百メートル、長さ四百メートルと、テレビ塔を建てるには幅が狭い。周囲は住宅が立て込んでいるうえ、埋立地で地盤が弱い。

慶伊さんをチーフとする日建設計五百人の設計陣に課せられた役割は、狭い埋立地に、暴風や地震に対して絶対に耐えうる六百メートル以上のテレビ塔を考案、設計することだった。

まず土台となる地下の基礎構造。普通は太い円柱状のコンクリート杭を何本も打ち込んだり、地中のケージにコンクリートを流し込んだりするのだが、スカイツリーはそのほかに巨大な壁のような特別なコンクリート壁を何枚も地中五十メートルまで埋め込むことにした。これ以上頑丈なものは考えられない。

スカイツリー最大の特徴は、地震、風による揺れを制御するシステムとして「心柱（しんばしら）」が採用されていることだ。「心柱」は、お寺の五重塔に見られる構造。地震国である日本で、五重塔が倒れたという記録はない。これも「心柱」のおかげだといわれる。

コンクリートの巨大な「心柱」は、上に行くほど太さが変わる。地上に近い部分は、まわりの鉄骨造の本体と直結し、上部は本体との間に隙間を作ってクッション（オイルダンパー）を入れ、わざと揺れるようにする。地震や強風の際は、本体と「心柱」が異なった周期で揺れ、それによって互いの揺れを殺し合うのだという。「心柱」は中が空洞で、万一に備えて非常階段が設置されている。

そのほか、塔の最下部は、中国の「鼎（かなえ）」や写真撮影の三脚の考え方から正三角形として安定させていること、それを上に向かって徐々に丸みを持たせ、地上四百五十メートルで円形にしていること、塔全体のほとんどが最新の溶接技術によって組み立てられていることなど、興味深い話の連続だった。

これによって、超高層ビルよりも一段高いレベルの安全基準をクリアーし、二千年に一度あるかないかの暴風（タワーの先端で風速百メートル）や、マグニチュード八・六以上の大地震にも耐えられるものとなった。津波に対しては、タワー全体が網のような鉄骨構造なので、そのエネルギーをまともに受けることはまずない。

慶伊さんが肝を冷やしたのが、昨年の東日本大地震だった。工事も最終段階に入って「ゲイン」と呼ばれるアンテナ取り付け部分の工事の時、地震に見舞われた。

まだ「心柱」が一部未完成。鉄骨の溶接も終わっておらず、クレーンも備え付けたまま。塔の上部は推定で四〜六メートル揺れ、作業員は全員床面に伏せて揺れがおさまるのを待った。幸い被害は皆無といってよく、作業はややおくれたものの、昨年三月十八日、無事六百三十四メートルに達した。全工事が終わったのは今年二月で、計画通りだった。

付属施設を含め総工費六百五十億円。使用した鉄材は四万トンで、東京タワーのほぼ十倍だった。

講演を聞きながらふと思い出した。昔日本テレビの正力松太郎が「富士山より高い四千メートルのテレビ塔を日本テレビ単独で建設する」とぶち上げたことを。その後、日本テレビは「正力構想」を七分の一に縮小、東京タワーよりも二百二十メートル高い五百五十五メートルのテレビ塔を、東京・新宿に建てることにし、着工したのだが、正力の死去で建設は中止となった。

慶伊さんに、現在の建築技術でどれほどの高さの塔が建てられるか、と質問してみた。慶伊さんは「条件にもよるが、千メートル程度は可能だと思う」という答えが返ってきた。

構造設計は自然との知恵比べである。私達の想定するものをはるかに超えた地震や暴風に耐え、しかも予算以内に収まる設計にしなければならない。そのために知恵を絞る。慶伊さんは、夜眠ってからも考え続けたという。「あそこに、もう一本鉄骨を！」と叫んで飛び起きたこともあったらしい。

そうした過酷な仕事に正面から立ち向かった構造設計の「鬼」。でも、仕事を完璧にやり終えた今、慶伊さんは物静かな紳士に戻っていた。

（「雪垣」平成24年7月号）

中村先生のこと

ロンドン・オリンピックが終わった。このあと、障害者スポーツの祭典、ロンドン・パラリンピックには百六十ヶ国から四千二百人の選手が、二十競技で日頃鍛えた技を競う。主会場はロンドン・オリンピックスタジアム。日本も十六競技に百二十六人の選手が参加する。競技の結果は、連日テレビ放送される。

思い出すのは、九州・大分の整形外科の医師、中村裕（ゆたか）先生の事だ。先生は、障害者のスポーツとその自立に半生をささげた、まさに「日本の障害者スポーツの父」だった。

パラリンピックという言葉は、今ではもう一般に何の抵抗もなく受け入れられている。しかしその歴史はそんなに古いものではない。起源とされるのは一九四八年にイギリスの「ストーク・マンデビル病院」で始まったスポーツ競技会だった。この競技会は、第二次世界大戦で脊椎を損傷した兵士に対するストーク・マンデビル病院のリハビリテーションの一環として行われた。競技会の提唱者は、ルードヴィヒ・グットマンという医師だった。

この小さな障害者スポーツ競技会が国際大会に発展したのは一九六〇年のこと。ローマ・オリンピックに合わせて、第九回ストーク・マンデビル競技会がローマで開催された。参加国は二十三ヶ国。参加者は四百人。この大会が「第一回パラリンピック大会」と位置づけられている。

第二回パラリンピックは、四年後の一九六四年、東京オリンピックの時に開催された。この大会には二十二ヶ国から五百六十七人の選手が参加した。日本選手は五十三人。前述の中村先生が日本選手団長をつとめた。

温泉で名高い大分・別府市亀川に「太陽の家」という障害者施設がある。作家の水上勉さん、評論家の秋山ちえ子さんらの支援を得て、中村先生が東京パラリンピックの翌年に創設した。施設というより、ソニー、ホンダ、オムロンなどの製品に必要な部品を作る工場、障害者による障害者のためのミニ工場集団である。

中村先生は別府市の出身で、九州大学医学部を卒業後、九州大病院整形外科医局を経て国立別府病院整形外科医長などを歴任。その後欧米に渡り、イギリスのストーク・マンデビル病院でグットマン博士にリハビリテーションを学んだ。そして患者の回復にスポーツがいかに重要な役割を果たしているかを知る。

グットマン博士は、リハビリにスポーツを取り入れていた。その結果、脊椎損傷患者の八五%が、車椅子ではあるが六ヶ月以内に社会復帰していたのだ。日本では脊椎損傷患者の社会復帰は二割がやっとで、それも数年かかってのことだった。帰国した先生は、早速自分が担当する患者のリハビリに水泳やバスケットボールなどのスポーツを取り入れた。患者の回復は飛躍的に早まった。その意味では大成功だった。ところが大きな壁に突き当たった。福祉先進国のイギリスと違い、日本では社会に戻っても働く場がほとんどなかった。

「スポーツと職場を合わせ持つ施設を作らなければ」と、先生は次の課題に取り組み始めた。「太陽の家」はその努力の結果である。名のある企業に共同出資してもらい、部品製造工場を作って社会復帰した時の職場を確保した。障害者には経営参加の道を開いた。障害者が働くスーパーマーケット「サンストア」も開業、地域との交流を進めた。国際大会に参加する選手の旅費に充てるため、中村先生は愛車まで売った、という話もある。

中村先生はその後大分で、国際車椅子マラソン大会を創設、また国際競技大会として「極東・南太平洋身体障害者スポーツ大会（フェスピック大会）」を提唱、大分で第一回大会を開催した。

こうした先生の努力によって、障害者スポーツは車椅子の身体障害者ばかりでなく、視力障害、知的障害者にまで広がり、障害者スキーなど冬季スポーツも行われるようになった。その結果、日本は冬季オリンピックの各種目に参加、多数のメダリストが誕生しているのはご存知の通りである。

中村先生は頑張りすぎたと思う。一九七七年、私はオーストラリアのパラマッタで開催された第二回フェスピック大会取材のため日本選手団に同行、団長の中村先生と行動を共にした。先生は顔色が悪く、ひどく疲れた様子だった。

案の定七年後の一九八四年七月、重度の肝臓疾患で他界した。享年五十七歳。実に惜しい人を亡くした。先生が精魂傾けて創設した「太陽の家」は、ご子息の中村太郎氏が継いでいる。

先日、所用で大分市へ行った帰り、久しぶりに別府「太陽の家」に立ち寄った。「太陽の家」は大きく発展していた。隣接の町にはショートステイ施設が、また愛知県の蒲郡には福祉工場が新設され、別府の本部は建物の多くが立て替えられていた。付近にある温泉ホテルでは「太陽の家」から派遣された障害者たちが、何の違和感もなく、スタッフの一員として清掃やベッドメーキングなどの仕事に従事していた。理想の福祉施設に、さらに一歩近づいているのは確かである。

「太陽の家」本部の入口には、中村裕博士の等身大の銅像が建っている。そばを車椅子の職員達が談笑しながら通る。それを、先生の銅像は優しく見守っている。

（「雪垣」平成24年9月号）

「曾良」終焉の地

対馬海峡に浮かぶ島、長崎県の壱岐。『おくのほそ道』で芭蕉に同行した河合曾良が、その一生を終えたところである。

壱岐へは博多からフェリーで二時間。高速船なら一時間の距離。空の便もある。仕事で博多までは何度も行っているのだが、壱岐へは訪れる機会がなかった。勤めを辞めてから十五年。今回初めて足を踏み入れることができた。時間があるので、一番足の遅いフェリーでのんびり渡った。

壱岐南端の印通寺という漁師町に宿泊。壱岐はサザエ、ウニなどが豊富。旅館ではとびきり新鮮な海の幸を味わうことができた。

翌朝北端の町、勝本へタクシーで向かった。河合曾良の墓を訪ねるためである。

国道三八二号線を北上、三十分ほどで到着した。勝本にはかつて城があった。現在その城跡は「城山公園」となっている。勝本城は天正十九年（一五九一）に、豊臣秀吉が朝鮮出兵に備えて、平戸藩主の松浦鎮信に命じて築城させたものだ。今も石垣などが残っており、国指定の史跡となっている。

城山公園駐車場脇に、諏訪神社の御柱が建っている。曾良の句碑がそのそばに。

行き行きてたふれ伏すとも萩の原　曾良

『おくのほそ道』にある有名な一句。曾良の二百八十回忌を記念して、平成元年に建立された句碑だった。

曾良が加賀の山中温泉で腹をこわし、芭蕉と別れて伊勢に向かうときに書き残した句である。芭蕉も〈今日よりや書付消さん笠の露〉と応じた。「書付」は旅の笠の「同行二人」の文字のことである。

諏訪神社の御柱は、曾良の出身地、長野県諏訪市から平成二十二年に贈られてたもので、高さ十メートル。諏訪神社上社で七年間建っていた御柱を諏訪市が譲り受け、壱岐まで運んできた。これで三本目。七年毎に建て替えられている。曾良の縁で壱岐市と諏訪市は平成六年、友好都市となった。

城山公園には曾良の句碑がもう一つあった。駐車場から少し坂をのぼった左手の雑木林の中。前記の句碑よりかなり前の昭和九年、曾良の二百二十五回忌に、地元の俳句愛好者によって建てられたものである。

春に我乞食やめても筑紫かな　曾良

曾良こと岩波庄右衛門は宝永六年（一七〇九）十月、徳川幕府派遣の「巡見使」の随員に採用された。担当は北九州。この句は江戸で詠んだ。

逸話がある。曾良自筆の稿では、初五音が「ことし我」だった。自身は「ことし我では季語として弱いので、春に我としてもよい。しかしあまりかわりはないのでことし我としたい」と記している。後年、曾良の親戚にあたる河西周徳が、故郷の諏訪・正願寺に曾良の墓所をつくった。そして辞世の句として「春に我」を刻んだので、そちらの方が知られるようになった。

この句を詠んで僅か半年後に、曾良は壱岐の勝本にある海産物問屋、中藤家で病のため帰らぬ人となった。

城山公園に案内板があったので曾良の墓はすぐわかった。城山公園の近く、能満寺の中藤家墓所の一角。当主の中藤五左衛門が、一族の墓所に曾良の墓を作った。曾良は「岩波」姓を名乗っていたので、芭蕉の高弟だとは気づかなかった。

信州・諏訪で慶安二年（一六四九）に高野七兵衛の長男として生まれた曾良は、伯母の嫁ぎ先、岩波家の養子となった。二十歳の時、伊勢・長島藩の松平良尚に仕え、河合惣五郎を名乗る。俳句を始めたのは二十八歳の時。俳号を「曾良」とした。

三十三歳で江戸へ出て神道を学ぶ。その頃、五歳年上の芭蕉と出会い、交遊が始まる。やがて江戸・深川に居を構え、近くの芭蕉庵に出入りするようになった。芭蕉の『おくのほそ道』に同行したのは四十一歳の時だった。芭蕉の没後は、師匠同様、各地へ漂泊の旅に出ている。幕府の巡見使に加わり、北九州へ向かったのは宝永七年（一七一〇）三月一日。曾良を含めた一行四十四人は五月七日、唐津から舟で壱岐に渡った。翌八日、島の北端の中藤家で対馬へわたる準備を始めた時、曾良は病に倒れ、同じ月の二十二日に他界。六十二歳だった。巡見使の一行は、曾良の遺体を中藤家に残したまま、対馬へ向けて出発した。中藤家では旅の果てに命を落とした曾良を、同家の墓所に手厚く埋葬した。

古びた墓石には「岩波庄右衛門」と本名が刻みこまれていた。今も中藤家がお参りしているのだろう。墓には新しい花が供えられていた。

壱岐は対馬と共に、古くから中国大陸、朝鮮半島と日本を結ぶ交通の要衝。中国の「魏志倭人伝」にも登場する歴史の島で、弥生時代の古墳や遺跡がいたるところにある。遣隋使、遣唐使、遣新羅使、朝鮮通信使もここを通った。鎌倉時代の蒙古襲来の時は、元の船団が対馬海峡に押し寄せ、壱岐は二度にわたって蹂躙された。東郷平八郎率いる連合艦隊とロシア艦隊が死闘を繰り広げた日本海海戦も、この海域で始まった。

その対馬海峡が、曾良の墓のすぐ下から広がっている。思えば、私が対馬海峡を見るのは、実に六十五年ぶり。戦後、大連から引揚船でここを通った時以来だ。冬の海は荒れ、波が逆巻いていた。今、目の前の海峡は穏やかに青く澄んでいる。彼方に対馬の島影がかすかに見えた。

（「雪垣」平成24年10月号）

湯涌温泉

私の自宅の居間には、一枚の色紙が飾ってある。大正年間に一世を風靡した画家で詩人の竹久夢二の自筆による有名な短歌だ。金沢の奥座敷、湯涌温泉で買い求めたもの。もちろん複製である。

　湯涌なる山ふところの小春日に
　　眼とぢ死なむときみのいふなり　　夢二

よく知られているように、夢二は大正六年九月二十四日、病弱の次男不二彦と、恋人の笠井彦乃を同伴し、金沢から人力車で湯涌温泉にやってきた。当時三軒しかなかった旅館のうちの一軒「山下新右衛門（現・お宿やました）」に滞在、三週間後の十月十五日にこの地をあとにした。二年後に刊行された夢二の歌集『山によする』には、湯涌温泉で詠んだ十三首の歌がおさめられた。「湯涌なる…」は、その中の一首である。

素敵な短歌なので、私は折に触れこの色紙を眺める。ただ、何となく気になっていたのが、「小春日」が俳句では「冬」の季語になっている点だった。夢二と不二彦、彦乃が湯涌温泉に滞在したのは仲秋から晩秋にかけてである。

歌集『山によする』には、同じ湯涌温泉での歌として〈ゆく秋の渓の沈黙のきはまりてしづかにも我等唇をよす〉が出てくるし、自伝小説『出帆』では、湯涌温泉での描写に「秋日和」という言葉を使っている。

暖かな冬の一日を著す「小春日」を、秋に滞在した湯涌での一首に使った意図は何だったのか。これは湯涌温泉へ行って、そこで考えてみるに限ると思い、金沢へ行ったその足で湯涌温泉まで行った。

北陸の冬は忙しくやってくる。晴れているかと思うと急に雲が広がり、風が吹いて雷が鳴り、雨になる。時にはみぞれが混じる。やがて雪の世界と変わってゆく。

その日、湯涌温泉には一足早く冬が訪れていた。

私が初めてこの地を訪れたのは、仕事で金沢に住んだ昭和五十九年のこと。あの柔らかい湯が気に入って、何度も足を運んだ。だが、東京へ転勤したあとは、なかなか湯涌にくる機会はなかった。

雨の金沢駅前から湯涌温泉行のバスに乗り込んだ。途中「北陸大学」や「創作の森」などを回り、一時間ほどで湯涌温泉に到着。雷が鳴り、氷雨になってきた。金沢より、気温は二、三度低い感じである。

今回、私は二十八年前に湯涌温泉の「湯乃出」旅館前で撮影した写真を一枚、バッグに入れてきた。木造三階の旅館全景がうまく撮れている。半ば定宿になっていたところだ。この旅館はその後近くの場所に新築、移転した。旅館名も「湯乃出」から「湯の出」に変わった。それでこの古い写真を、「湯の出」旅館の記録の一つとしていただければと思い、持参したのである。

温泉街を流れる「湯の川」にかかる福神橋を渡ると、すぐ右側にあるのが「湯の出」旅館だ。玄関に入ったところで、女将の宇野乙美さんに出会った。持参した写真をお渡ししたところ「あ、あの時の…」とすぐに思い出して下さった。

湯涌温泉の町は変わった。「金沢湯涌夢二館」という立派な夢二記念館が開館した。確かここが「湯乃出」旅館の跡地のはずである。天皇陛下が皇太子時代にお泊りになった「白雲楼」は影も形もなくなった。各旅館ともほとんどが改築、旅館街の電柱がなくなって地下ケーブルに。公衆浴場の総湯は「白鷺の湯」という名がつき、見違えるほど立派になった。

昨年、湯涌温泉が舞台のテレビアニメ「花咲くいろは」が放映され、若者が大勢訪れる温泉地になっていることも驚きの一つだった。

落葉を踏みながら、夢二の「湯涌なる…」の歌碑を見る。そのあと総湯「白鷺の湯」にはいった。以前、湯涌温泉は湧き出る湯の量が少なくなり、新たに源泉を掘削しなければ、という話が持ち上がっていた。その後に二ケ月の源泉を掘り当てたとか。また、湯涌最大の旅館「白雲楼」が廃業したあと、そこで使われていた温泉は、公衆浴場の「白鷺の湯」の露天風呂につかわれているほか、他の旅館でも利用していると聞いた。

「白鷺の湯」は昔と変わらない柔らかな湯で「湯ざめ」しない。大いに満足した。火照った身体を冷やすため、湯の川沿いに歩いた。

静かである。その静寂の中に佇んだ時「小春日」の謎が解けたような気がした。「湯涌なる…」の歌の中に出てくる「小春日」。季節は秋だがやはりここは「小春日」がいい。特に夢二は彦乃を知る前に、妻たまきと富山県の海岸で彼女の腕を刺すなどのいざこざもあり、離婚している。それだけに恋人、彦乃と一緒に過ごした湯涌温泉での三週間は、夢二にとって生涯忘れられない「小春日」のような時間であった。「秋の日」や「秋日和」などの表現では、この幸福感は出てこない。

川越の自宅に帰って、改めて「湯涌なる…」の色紙を眺めた。湯涌温泉の風景と、夢二、彦乃の顔が重なる。夢二とのつかの間の幸せな時を過ごす彦乃が目をつぶっている。

「小春日」の柔らかい日差し。色紙に書かれた歌は、短歌であって、単なる短歌ではない。それは、彦乃をモデルにして、夢二が「文字」で描いた「美人画」であることに気づいた。


（「雪垣」平成25年1月号）

氷川丸

この春、私が住んでいる埼玉県でちょっとした変化があった。東武東上線、西武池袋線、東京メトロ副都心線、東急東横線、横浜高速鉄道みなとみらい線の五鉄道が相互乗り入れを開始したのだ。その結果私の自宅に近い東武東上線「霞ケ関駅」から、横浜のみなとみらい線「元町・中華街駅」まで乗り換えなし、直通の電車が走ることになった。横浜の山下公園にも簡単に行ける。

海に面した山下公園の春は、実に美しい。横浜ランドマークタワーなど高層のビル群や大桟橋が近くに見え、東京湾からの潮風が快く頬をなでる。花壇に咲き乱れる色とりどりの花。岸壁に係留されている「氷川丸」。終戦直後、厚木飛行場に到着したマッカーサーが、最初の宿舎とした「ホテルニューグランド」。このホテル、一部は高層化されたが、山下公園に面した部分が、創業時以来の風情を残している。

「かもめの水兵さん」「赤い靴」などの童謡の舞台となったこの付近は、平日でも市民、観光客、時には修学旅行の生徒たちで賑わっている。ただ、私はここへ来るたびに気が引きしまる。ご存知の方も多いと思うが、ここは大正十二年九月一日に発生した関東大震災の時の瓦礫を埋め立てた公園なのだ。

山下公園の岸壁には、昭和三十八年から係留されている日本郵船の貨客船「氷川丸」がある。今は「博物館」になっている。見学された方も多いと思う。私はここへ来るとまず関東大震災に思いを馳せ、次に「氷川丸」に感謝の念を込めて一礼する。「氷川丸」は、私に「悔しさをバネにすること」を教えてくれたからである。

「氷川丸」（一二、〇〇〇トン）は、昭和五年、三菱造船所の前身「横浜船渠」で造られ、アメリカのシアトル航路に就いた。特に食事が評判で、昭和七年には天婦羅が大好きな喜劇王、チャップリンが乗船。昭和十三年には柔道の父、嘉納治五郎がオリンピック関係の会議に出席した帰り、シアトルから「氷川丸」に乗船、横浜入港二日前に、肺炎のため船内で不帰の客になった。

この船、戦時中海軍に徴用され、病院船として傷病兵や物資を載せて太平洋を行き来した。三度も機雷に接触したが奇跡的に生き延び、戦後は引揚船になったあと北海道航路に就航、石炭や食糧を運んだ。戦後の極端な物資不足の頃である。「かつぎ屋」と呼ばれるヤミ物資を運ぶ人達も大勢乗っていたので「ヤミ船」ともいわれた。そんな船が昭和二十八年には、古巣のシアトル航路に復帰したのである。

シアトル航路復帰の「氷川丸」は「留学船」とも呼ばれた。一般人は飛行機などに乗れない時代、多くのフルブライト留学生がこの船でアメリカへ渡ったからだ。これら留学生の中には、私の大学時代の先輩や友人も何人か含まれていた。彼らを見送るために、私は何度も横浜港へ行き、「氷川丸」に手を振った。実は、私もアメリカ留学をこころざしていた。だが英語力が不足、その上奨学金だけでは経済的に不安であり、何度も涙をのんだ。

夢はついに実現することはなかった。大学を卒業後新聞記者となったが、その悔しさは、長い間、澱のように心の底に残り続けた。

ある時、勤務先の近くでスペイン語教室が開かれているのを知った。「英語がダメなら」と、学ぶ人があまりいないスペイン語の勉強を始めた。挫折しそうになると、山下公園の「氷川丸」のところへ行き、留学する友人を送った時の、あの悔しさを思い出して頑張った。それが数年後、中南米特派員への道につながった。リオデジャネイロに五年間駐在している間にポルトガル語が話せるようになった。英語も苦にならなくなった。語学は習うより馴れろ、であった。

「氷川丸」の話を続ける。高浜虚子、長男の年尾、高野素十ら名の知れた俳人一行十五人が、札幌で行われるホトトギス北海道大会に出席するため横浜で北海道航路の「氷川丸」に乗り込み、小樽へ向かったのは昭和二十三年六月十日のことだった。

虚子は船の中で何度も句会を開いた。その時の様子は、高橋茂著『氷川丸物語』（かまくら春秋社）に詳しい。

わが船の残せし水尾や梅雨の海　　　虚子

夏潮にぽかつと海豚の尾鰭立つ　素十

梅雨雲の四方に垂れたりひたに航く　年尾

虚子らはこの船旅がよほど楽しかったらしく、往路に乗ったのと同じ「ホトトギス」のメンバーは、小樽からの復路でも「氷川丸」に乗った。後日、これらの俳人は「氷川丸会」を作って親交を深めたという。

昭和三十五年十月、「氷川丸」はシアトル往復の航海を最後に引退、翌年山下公園に係留され、ユースホステルや船上結婚式場などに使われた。そして現在は内部をシアトル航路時代そのままにリニューアル、一般公開している。

「氷川丸」の名は、埼玉県大宮市にある「氷川神社」に由来する。先日久しぶりに船内を見学した。最上階にある操舵室に入ってはっとした。立派な神棚がある。関係者は今も大宮の「氷川神社」に安全祈願を続けているらしく、真新しいお札と、今年の干支である「巳」の絵馬が供えてあった。現役の船と同じ扱いである。「氷川丸」に思い出を持つ人は少なくない。百人百様だろう。私にとっては、悔しい思いをバネにすることの重要さを教えてくれた恩師のような存在で、「氷川丸」がなかったら今の私はない。横浜の「元町・中華街」まで直通で行けるようになったことだし「氷川丸詣で」はこれからも長く続けたいと思っている。

（「雪垣」平成25年6月号）

旅先の楽しみ

まさか旅先で、私が住む埼玉の郷土料理「忠七めし」の話を聞くとは思わなかった。「山陰の京都」といわれる島根県・津和野へ行ったときのこと。

メインストリートの「殿様通り」で、ふと足が止まった。レストラン兼土産物店の看板に「津和野郷土料理・うずめめし」とあったからだ。

よく見ると「日本五大名飯の一つ」として、埼玉・小川町の「忠七めし」、東京・深川の「深川めし」、岐阜山間部の「さよりめし」、大阪・難波の「かやくめし」の名があがっている。それに津和野の「うずめめし」を加えて「日本五大名飯」というのだそうだ。

物は試しである。「うずめめし、ください」と注文した。運ばれてきたのはご飯の上に海苔、わさび、三つ葉が乗っているだけ。「ご飯の下に、味をつけた椎茸、人参、かまぼこ、高野豆腐がうずめてあります。だし汁をかけてお召し上がりください」と店員さんが早口で説明した。なるほど「うずめめし」の意味がわかった。埼玉から来たというと、「忠七めしと比べてどうですか」。店員さんは遠く離れた埼玉の忠七めしをご存知だった。

忠七めしは、ご飯の中央にさらし葱、わさび、柚子をのせ、かつおだしの汁をかけて食べるお茶漬けのようなものである。香の物として、山牛蒡の味噌漬や浜納豆などが添えられる。幕末の幕臣で明治時代の政治家だった山岡鉄舟のアドバイスだとか。ここ津和野のうずめめしもなんだかよく似ている。

でも、どうしてこのようなものが「名飯」なのだろうか。そういえば深川めしはアサリご飯、岐阜のさよりめしはサンマご飯、大阪のかやくめしは、牛蒡と油揚げの混ぜご飯である。「名飯」といわれるほどのものではない。普通の家庭料理である。誰が「五大名飯」としたのか。調べると意外なことがわかった。

宮内庁だった。昭和十四年に、宮内庁は全国郷土料理調査を実施、日本の代表的な郷土料理として選んだのだそうだ。昭和十四年といえば、日本が太平洋戦争に突入する二年前で、実にさまざまなことが起きている。

まず四月には、米穀の配給制度が実施された。五月には日本・ソビエト連邦両軍が衝突するというノモンハン事件が起きている。六月には男子の長髪や、女子のパーマを禁止する「生活刷新案」が閣議決定され、九月にはナチス・ドイツ軍がポーランドに侵攻して第二次世界大戦が始まった。またこの月、厚生省が「産めよ殖やせよ国のため」のスローガンを掲げた。あくまでも推測だが、国民が贅沢に走らないよう、質素な「五大名飯」を世に広めようとしたのではないか。

津和野では、もう一つ面白い話を聞いた。津和野に伝わる銘菓「源氏巻」のことである。これはこし餡、抹茶餡などを薄いカステラで巻いたお菓子。最初は紫色の餡を使って藩主に献上、餡の色から源氏物語の「若紫」にちなんで「源氏巻」と名付けられたとか。その菓子のルーツといえば…。元禄十一年、赤穂の浅野内匠守の刃傷事件が起きる前のこと。当時の津和野藩主亀井慈親が勅使接待役を仰せつけられ、吉良上野介に指導を受けていた。ところが浅野内匠守同様数々の辱めを受けて憤り、吉良を切って自害する決意をした。

それを知った津和野藩家老の多胡外記が、お家の一大事と、早速吉良家に進物を届けたところ、吉良の態度が一変、亀井は無事大役を果たした。その時の進物、つまり小判を包んだ形が「源氏巻」の原型だという。この話は、土産物店で聞かされたし、「源氏巻」の包装にも印刷してあった。

さて、津和野と並んで観光名所になっている「萩」。観光案内には一般に「萩・津和野」とワンセットにしてあるが、津和野は島根県なのに対し萩は山口県だ。

萩藩は、高杉晋作、吉田松陰、山縣有朋、伊藤博文などを輩出した地である一方、夏みかんのふるさとでもある。江戸時代中期、黒潮に乗って南の島から山口県長門の青海島に流れ着いた文旦系柑橘の実。その実から西本於長なる人が種を採り、育てたのが最初だとされる。特に萩では、明治維新で職を失った武士への救済措置として夏みかん栽培が推奨された。だから今でも萩の特産品といえば夏みかんである。土産品も夏みかんを使ったものが多い。
「夏みかん丸漬」が特に有名。夏みかんの中身をくりぬいて砂糖漬けにし、中に白餡を詰めたものである。文久三年創業の、ある菓子店が考案したのだそうだ。今でも数軒の菓子店が製造している。泊まったホテルの前に「夏みかん丸漬」の工場があった。そこに句碑が。

絶頂で天下の見えぬ霧の海　　剣花坊

近代川柳の祖とされる井上剣花坊だ。新聞「日本」や読売新聞の川柳選者、新潟日報主筆を務めた明治三年生まれの気骨ある新聞人。剣花坊も萩の出身だった。
夏みかんは、春から夏へと収穫期が長い。萩市内では大きな実をつけた夏みかんの木の枝が、塀越しに道路へはみ出していた。

夏蜜柑肩にあたるをもがんとす　　普羅

旅は、景色を楽しんだり、名所旧跡を訪ねる楽しみばかりではない。土地の食べ物から、思いがけない歴史や風土を知ることができる。だから私は旅に出る。

（「雪垣」平成25年9月号）

富士の月見草

ここ数年、私が住んでいる埼玉の夏の暑さには辟易している。別荘を持つ身分ではないので、毎年夏になると家内ともに暑さを避け、北海道、長野県など涼しい地方の安宿へ気ままに出かける。

富士山が世界遺産になったこともあり、この夏は富士山麓の山中湖へ行った。山中湖は標高九百八十二メートルと、結構高い場所にある。

到着した日は、軽井沢より涼しい感じだった。風がここちよい。山中湖の水温より大気の温度が低いらしく大量の霧が発生し、幻想的だった。

それでも旅館の裏手には、富士山が覆いかぶさるように姿を見せている。頂上付近の万年雪が美しい。「御坂峠」へ行きたくなった。太宰治が短編『富嶽百景』の中で記した「富士には、月見草がよく似合ふ」の舞台を見たかったのである。

山中湖から河口湖まで行き、そこでバスを乗り換えて御坂峠へ向かった。以前は河口湖から甲府行きのバス路線が、標高千三百メートルの御坂峠を越えていた。今は「新御坂トンネル」が開通し、甲府行きのバスはそちらを通っている。御坂峠へのバス便は朝の一本だけ。それに乗れない場合は、トンネル入口にある「三ツ峠入口」という停留所から右側の坂道を歩くしかない。

この坂道を歩いて御坂峠を目指した。山歩きに馴れていない私には、これが想像以上にきつかった。曲がりくねった結構な勾配の道が延々と続く。六キロほどの道のりなのだが月見草を探しながらのぼったので、二時間半もかかった。

御坂峠には「天下茶屋」という名の茶屋がある。井伏鱒二が執筆のためここによく泊まった。太宰治も昭和十三年、井伏に紹介されて『火の鳥』を書くために三ヶ月間逗留した。五年後に発表された「富士には…」の『富嶽百景』は、この茶屋に滞在中のことを中心に書いた短編である。

太宰は、天下茶屋に逗留している間、よく河口湖へバスで行き来した。河口湖畔の郵便局へ行き、留め置きの郵便物を受け取るためだった。このバスの中で、一人の老女と座席が隣り合わせになる。富士山には無関心で、富士とは逆の座席に座っていた老女は、ぼんやり一言「おや、月見草」と細い指で路傍の一角を指さした。

「私の目には、いま、ちらとひとめ見た黄金色の月見草の花ひとつ、花弁も鮮やかに消えず残った。三七七八米の富士の山と、立派に相対峙し、みじんもゆるがず、なんといふのか、金剛力草とでも言ひたいくらゐ、けなげにすっくと立ってゐたあの月見草は、よかった。富士には、月見草がよく似合ふ」（『富嶽百景』）

あらゆる権威に逆らい続けた太宰は、富士に負けない存在感を示す月見草に、自らの姿を重ねていたのだ。なお太宰は富士山の高さを「三七七八米」と書いているが、関東大震災で低くなったようである。その後の計測では三七七六メートル。今も少しずつだが低くなっているらしい。

再び月見草について。太宰は「黄金色の月見草の花ひとつ」と書いているが、実は、本物の月見草は花が白いのである。太宰が見たのは月見草ではなく「待宵草」なのだ。月見草も待宵草も、植物学的にいうと同じ「マツヨイグサ属」で、共にアメリカ大陸から渡ってきた外来種。黄色い花の待宵草はたくましく野生化して全国に広まったのに対し、白い花の月見草は弱かったためか野生化せず、今ではほとんど見ることができない。一部の専門家が育てていて、植物園では見ることができることもあるらしい。ただ一般的には待宵草を「月見草」と呼んでいて、俳句で夏の季語になっている月見草も実は待宵草のことだそうだ。

「宵待草」という言い方もあるが、「待てど暮せど…」の歌に登場するだけのことで、作詞した竹久夢二の造語である。「待宵草では語呂が悪い」というのがその理由だったらしい。

さてようやく到着した天下茶屋。この店の自慢料理「かぼちゃのほうとう」を注文した。青森出身の太宰は「ほうとう」を知らなかったらしい。店の人が「おいしいですよ」とほうとうを出したら「俺が放蕩だというのか！」と怒りだし、なだめるのに苦労したという。

御坂峠付近の月見草（待宵草）は、多くなかった。目を皿のようにして探しても二本しか見つからなかった。時期が悪かったのかもしれない。

眼下に河口湖が見える。その向こうには、雲の間から急に現れては消える富士。凡人の私には月見草が富士に似合うかどうか、並列にすることができるかどうか。太宰がバスで通ったであろう道に立ってみても、それは判らなかった。

翌日、山中湖畔にある「俳句の館　風生庵」を訪れた。富安風生は、言わずと知れた高浜虚子の高弟。近代俳句の巨匠である。昭和二十三年から三十年間、毎年夏から初秋にかけて山中湖畔で過ごし、近辺の俳人の育成指導を続けた。富士山の句も五百を数え、句集『富士百句』を上梓している。

赤富士に露滂沱たる四辺かな　　風生

赤富士のぬうつと近き面構へ　　〃

風生の句から、晩夏の季語「赤富士」が定着した。ただ残念なことに、私は「白い花の月見草」も「赤富士」もまだ見たことがない。

（「雪垣」平成25年10月号）

鹿児島にて

鹿児島といえば何かいかつい感じがし、近づきにくい存在と思ってきた。沖縄には結構行っているのに、鹿児島はこれまで一回しか行っていない。

鹿児島という言葉から何を連想するか、人それぞれだと思うが、私の頭の中には次のようなものが浮かんでくる。

まず、西郷隆盛、大久保利通ら明治維新の立役者、篤姫、桜島、さつまいも、芋焼酎、薩摩あげ、桜島大根。剣法では「チェスト！」の気合と共に最初の一撃で骨まで砕いてしまう「示現流」を思い浮かべる。また、ニニギノミコトが三種の神器と稲を持ち、高天原から天降ったとの神話が生きている土地でもある。薩英戦争と共に知覧、鹿屋という特攻隊基地の名も鹿児島という文字と結びつく。

「黒」という字も鹿児島に似合っているように思う。食事や酒席で使われる黒薩摩焼、大島紬の泥染めを始め、黒酢、黒糖、黒豚、黒牛など。黒は「くろがね」に通じ、私の如き軟弱な人間は、少々構えてしまうのである。

大正三年一月十二日桜島が地震を伴って大噴火し、死者と行方不明者五十八人、負傷者百十二人、家屋焼失二千百四十八棟という大被害を出した。今年ちょうど百周年である。桜島の噴煙は今どうなっているか。ちょっと行ってみよう。

宿泊は霧島温泉郷に決めた。ここにある観光ホテルは源泉掛け流しである上、展望大浴場から桜島を眼下に見ることができる最高のロケーション。さらに地下には「ワインセラー」ならぬ「薩摩焼酎セラー」があり、鹿児島の主な蔵元百二十社の芋焼酎百七十銘柄が置いてある。楽しそうではないか。

鹿児島空港から車で四十分。結婚式場もあるホテルだ。レストランの入口に鹿児島産の芋焼酎百二十銘柄の一升瓶がずらり並べられているのには驚いた。

夕食の時間。テーブルにつくと、当然「お飲み物は？」である。リストを見るとほとんどが芋焼酎。ビールと日本酒は、隅の方に申し訳程度に載せてある。残念ながら私は焼酎に詳しくない。でも、せっかく鹿児島にきたのだから、鹿児島を味わいたい。「おまかせ」に限る。

「『霧島』のお湯割りはいかがですか？」

「それでお願いします」

鹿児島では、焼酎は夏でも冬でもお湯割りが当たり前なのだそうだ。このホテルでは薩摩焼のコップが使われていて、雰囲気がよい。お代わりがしたくなったが、ホテル地階の「薩摩焼酎セラー」へも行こうと思っているので、一杯だけで切り上げる。

「薩摩焼酎セラー」は、鹿児島県内では唯一ここだけ。レストランをはるかに上回る一升瓶の数である。試飲程度の飲み方だったら、三銘柄で百円。カウンターやテーブル席が設けられていて親切だ。まだ早い時間だったので客は私しかおらず、マスターからいろいろ話を聞くことができた。

鹿児島で「飲もう」といわれたらまず芋焼酎のこと。酒やビールではない。芋焼酎は種類も味も様々で、鹿児島県内だけで千銘柄以上ある。

ご存知のように、焼酎は税法上甲類（連続式蒸留焼酎）と乙類（単式蒸留焼酎）に分かれる。甲類は連続して蒸留を繰り返す製法で、ホワイトリカーがその代表。乙類は蒸留を一度だけする昔ながらの製法で、芋焼酎や麦焼酎、米焼酎、黒糖焼酎などはこれ。乙類は「本格焼酎」ともいう。

本格焼酎の生産は全国で四十五万キロリットル（一升瓶で二億五千万本）といわれるが、鹿児島は麦焼酎を含め、そのうちの十八万キロリットルを生産。まさに焼酎王国である。

ホテルの「薩摩焼酎セラー」に地元の人達が集まってきた。マスターは忙しくなった。私はそっとその人たちの飲み方を観察した。農家の人達らしい。グラスにお湯を注ぎ、それに焼酎を流し込んでいる。飲み方は豪快。杯を重ねても一向に乱れない。さすが、と見惚れた。

鹿児島の俳人って、誰だろうと考えた。思いつかない。あとで調べてみたが、やはり少ない。私が知っている俳人は杉田久女、篠原鳳作、高岡修くらいである。うち久女は、高級官吏だった父親が鹿児島に駐在していた明治二十三年、この地で生まれたというだけであり、俳句での活躍の場は小倉だった。

鳳作は鹿児島人で、明治三十九年鹿児島市生まれ。東京大学（東京帝大）法学部を卒業、沖縄・宮古中学の教師となり、本格的な俳句の道に入った。

季節感の乏しい沖縄で、俳句には欠かせない季語に悩み、徐々に無季俳句に移って高い評価を得る。鹿児島に戻った後、三十歳の若さで他界してしまった。

しんしんと肺碧きまで海の旅　　鳳作

それにしても、鹿児島出身の俳人は少なすぎる。質実剛健の風土の中で育った鹿児島県人には、「五七五」などは軟弱に映るのだろうか。

次の日の早朝、ホテル最上階にある展望大浴場へ行った。錦江湾の向こうに桜島が見える。「大正噴火」から百年。今も小噴火を繰り返す。知覧、鹿屋基地から飛び立って沖縄の海に散った特攻隊員や、古くは西郷隆盛、篤姫らが見たその噴煙。ちょうど小規模な噴火があり、朝日に照らされてオレンジ色に輝いていた。

（「雪垣」平成26年3月号）

新しい革袋

早咲きの河津桜が満開の季節は、関東地方ではまだ早春だ。わが家の白梅がようやく八分咲きになっている。この頃は三寒四温の言葉通り、ぽかぽか陽気の日があるかと思えば北風が吹いて雪が舞ったりすることもある。

そんな中で、私が四十年勤めた読売新聞社東京本社の新社屋が先日東京・大手町に完成、その内覧会が行われ、私もＯＢとして招かれた。

この場所には昭和四十七年に建設された十階建ての読売の旧社屋があった。これを取り壊して新社屋を建てたわけである。

内覧会当日は、あいにくの雨だった。雨雲が低く垂れこめていた。下から見上げると、高さ二百メートル、地上三十三階建てビルの最上階付近には雨雲の一部がかかり、ぼやけて見えた。旧社屋に比べて三倍近い高さに変貌した新社屋には圧倒される思いだった。まさに「新しい革袋」である。

長年新聞記者をしていた私だが、五十歳を過ぎたころから読売新聞社の建物、土地、付属する備品などを管理する「管財部」の責任者になった。そんなこともあって今回の新社屋完成には特に関心があった。

大手町付近は、丸の内と並んで東京を代表するオフィス街である。旧社屋の地下には、新聞社につきものの新聞印刷工場があり、多数の輪転機が設置されていた。正直いって新聞印刷をオフィス街で行うと様々な問題が発生する。最大の問題は、新聞輸送トラックの出入り。夕刊帯の午後から朝刊の夜中まで、輸送トラックの長い列が社屋周辺を取り巻き、周辺からの苦情が絶えなかった。

新社屋ではそれが解消した。印刷工場が撤去されたからである。新聞印刷はすべて別の場所にある印刷専門の工場で行うので、本社社屋周辺から輸送トラックは姿を消した。旧社屋にあった印刷工場の跡は、二百台の収容能力がある駐車場に変貌した。新社屋は、普通のオフィスビルとなった。

恐る恐る一階エントランスに足を踏み入れる。一番奥に大きな富士山の絵が飾ってある。横山大観が、昭和十四年、読売新聞社の依頼で描いた縦二・五メートル横四・五メートルの日本画。「霊峰富士」との題名が付けられている。私が管財部長をしていた頃は、JR有楽町駅前の「読売会館ビル」最上階の貴賓室にひっそり飾られ、一般の人の目にはほとんど触れることはなかった。

それが今、新社屋の、最も人目につくところに飾られている。久しぶりに会った旧友のようで、懐かしく、また嬉しかった。

社内を回った。五百人が収容できるホールや、外部の人も利用できる診療所、保育所も併設されていて、「開かれた新聞社」へさらに一歩前進していた。

ただ、破壊活動を目的に侵入してくる者への対策は結構厳重になっていた。銀座に読売新聞の本社があった頃、暴漢が社屋の地下にあった印刷工場へ乱入し、輪転機に砂をばら撒いて新聞発行が出来なくなった、との記録が残っている。

新社屋には印刷工場はないが、システムを破壊されたら取り返しがつかない。だから、通路は極めて複雑に作られている。エレベーターなどは三十基もあってどれに乗ればどこへ行けるのか、一度や二度来たぐらいではわからないようにできている。やむをえないことだろう。

編集局には目を見張った。私が現役記者だった頃は、紙くずと資料の山に囲まれて原稿を書いていた。中には周辺にわざわざ紙くずを撒いてから仕事を始めるという妙な癖を持った記者もいた。だが、新社屋の編集局は長机の上にパソコンが並んでいるだけ。紙くずなどは見当たらない。不思議なくらい静か。普通の事務所の事務系オフィスと同じである。かつての乱雑な雰囲気はどこにもなかった。

大体編集局は、一匹狼が集まる梁山泊のような場所だった。夜になると酒盛りが始まり、口論が絶えなかった。私はその雰囲気にあこがれて、新聞記者になった。そんな編集局から多くの逸材が生まれたのも事実である。読売新聞関係だけでも菊村到、大岡信、佐野洋、三好徹、日野啓三、本田靖春、長谷川櫂などがいる。この人たちはあの雑然とした職場で育った。古いと言われるかもしれないが、私はあの編集局が懐かしい。草田男の代表句〈降る雪や明治は遠くなりにけり〉が脳裏をよぎる。

でも「新しい酒は新しい革袋に」ともいう。新しい編集局から、また違ったキラ星が生まれてくることに期待したい。

懐かしいものもあった。正月恒例の「箱根駅伝」はこの地がスタート、ゴール地点となっているが、それを占める標識が新社屋の外側に設けられていた。

箱根駅伝では、私は社内の大浴場に湯を張り、走り終えた選手を招き入れる係を何年も続けた。選手とのコミュニケーションもあった。新しい社屋には大浴場がない。選手達には周辺のホテルで入浴してもらうことになった。選手との距離ができたようで、少し寂しい感じもある。

内覧会では当時の同僚達と顔を合わせた。決まって「太ったなあ」と言われた。私は編集局で鍛えた駄洒落で応対した。

「現役の頃、ろくな仕事をせず『読売のガン』と言われたオレだ。今も人を食って生きている。太るはずだよ」


（「雪垣」平成26年5月号）

魂の俳人

ご存知、大野林火創刊の俳誌「濱」が、昨年の夏、終刊となった。後を追うように林火の高弟で「魂の俳人」と称された村越化石が、今年三月八日、群馬県草津町の国立療養所「栗生楽泉園」で老衰のため他界した。九十一歳だった。

昨年十月下旬、草津に一泊する「雪垣」の秋季吟行会があった。吟行には参加出来なかったが句会には出席した。参加者のホテル到着を待つ間に、近くの「栗生楽泉園」を訪ねた。村越化石に面会して、健康状態を確認したかった。化石が人生の総決算として自薦句集『籠枕』（文学の森）を上梓したこともあり、気がかりだった。

職員によると、案の定この日の体調は良くないとのこと。しばらく職員と話をしたが、結局面会は諦めた。その日の夜、旅館「一井」で開かれた句会で、化石の健康状態がよくないことを話した。翌日、何人かの方が、近くの光泉寺にある化石の句碑を訪れたと聞いた。

村越化石には一度会ったことがある。当時、医療・福祉問題を担当する記者だった頃だ。親しくしていた厚生省の課長から、ハンセン病患者の苦難に満ちた状況を聞き、何かお手伝いができないかと考えていた。そして、ハンセン病療養所の歴史を知るために「栗生楽泉園」を訪れた時、入所者の長老格である化石からも体験談を聞かせてもらった。

村越化石（本名英彦）。大正十一年、静岡県朝比奈村（現藤枝市）で誕生した。十五歳の時にハンセン病に罹り、草津の「栗生楽泉園」に入所した。

入所後間もなく俳句を始めた。昭和二十四年、大野林火の『冬雁』に感銘、林火が主催する「濱」に入会。以後「濱」の中心的な俳人として活躍した。平成三年には紫綬褒章を受章している。角川俳句年鑑の「濱」の項には、毎年化石の句があったが、二〇一三年版からなくなった。体調が良くないな、と思った。

化石を苦しめたハンセン病はかつて「らい病」という名だった。「らい菌」による伝染病である。伝染する力は非常に弱い。ただ、末梢神経がおかされ、皮膚疾患によって顔、手足が変形する。以前は決定的な治療方法がなく、発病すると「らい予防法」によって療養所に強制隔離、社会と断絶させられるという非人道的な生活を余儀なくされ、社会復帰も叶わなかった。

特効薬のプロミンが開発されて、戦後ハンセン病の治療は劇的に変化した。完全な治癒が可能になったのである。多くの人々の努力で、ハンセン病患者の届出や隔離の根拠となっていた「らい予防法」も廃止された。今では、わが国のハンセン病発病者は、年間一人か二人しかいない。それも早期治療によって後遺症もなく、完治している。ハンセン病はもう過去の疾患になりつつある。しかし、以前に発病した人には深刻な後遺症がある。その上、根強い偏見のために、実際問題として社会復帰はかなり難しい。全国のハンセン病療養所に後遺症のある元患者が入所したままなのは、そうした背景からである。

話は変わるが、私の知人にSさんという方がいた。元ハンセン病患者である。一橋大の学生だった頃発病、『小島の春』で知られる瀬戸内海の国立療養所「長島愛生園」（岡山県）に三十年間入所していた。特効薬プロミンによって病気の方は完治したが、顔や手足に重い後遺症が残った。だが、彼はその姿のまま、療養所で結婚した元患者の奥さんを伴って、故郷の宮城県唐桑町（現気仙沼市）に戻った。ハンセン病に対する偏見を打破したい、との一念からだった。しばらくして、Sさんは唐桑町長選に立候補した。私はすぐ唐桑町に行った。彼を「追っかけ取材」するためだった。数日間、同じ部屋に泊まり、食事、お風呂など、生活を共にした。

残念なことに僅差で落選した。しかし、彼は落胆するどころか、次々に新しい事業に挑戦して行った。その一つが重症心身障害児のための施設を作ることだった。そしてその資金集めのための活動を始めた。

その彼が、昭和五十一年一月三十一日、唐桑町に隣接する気仙沼のビル屋上から飛び降り、自らの命を絶ってしまったのだ。遺書らしきものは何もなかった。

ショックだった。通夜に行った。自殺の原因はわからずじまいだった。元ハンセン病患者のSさんは、私達には想像すらできない「重荷」を背負い続けていたことだろう。それはおぼろげながら推察できる。その「重荷」を少しでも軽くすべきだったのに、私は全く無力だった。そのことが無性に悲しかった。

病のために顔や手足が変形し、四十八歳で完全に失明して「栗生楽泉園」での生活を続けた村越化石も、同じような「重荷」を背負い続けたに違いない。ただ、化石は魂の叫びを俳句にぶつけることにより、「重荷」に耐える力を得てきた。化石は「生ある時間」を見事に生き抜き、天寿を全うしたのである。鳥肌が立つほどの感動的な名句の数々を残して――。

除夜の湯に肌触れ合へり生くるべし　化石
寒餅や最後の癩の詩つよかれ　〃
探り食ふ柿の重みの夜の底　〃
墓ほども歩まず山に親しむよ　〃
闇浄土万の虫の音鏤めぬ　〃
山眠り火種の如く妻が居り　〃

（「雪垣」平成26年6月号）

味噌のこと

海外に行けば、その国の料理を楽しむことが大切。それは誰でも知っている。私も海外への長旅や海外駐在の時は、そのように努力してきた。

ただ一つ、日本の食べ物で、無性に欲しくなるものがあった。味噌汁である。インスタント味噌汁持参という手があったが、私が海外で仕事をしている頃はあまり美味しいものではなかった。さらに、私が五年間駐在したブラジルでは、外国産の食料品の輸入が法律で禁止されていて、インスタント味噌汁でさえ持ち込むことが難しかった。だから余計に日本の味噌汁の味に飢えていた。

ブラジルで任期を終えた私が、帰国の途中、ニューヨークで札幌ラーメン店を見つけ飛び込んだ。あの時に食べた味噌ラーメンの味は忘れることができない。

「雪垣」の年次大会に参加するため宿泊した金沢のホテルで「めった汁」が朝食に供された。「めったやたら」「めった切り」の「めった」は、漢字で書けば「滅多」だろう。金沢の「めった汁」はいろいろな野菜や豚肉を材料として、味噌で味をつける。金沢周辺では牛肉を使う家庭もある。ホテルの「めった汁」には、もちろん「加賀味噌」が使われていた。

わが国で味噌づくりが盛んになったのは、戦国時代から江戸時代にかけてといわれる。加賀味噌は、加賀藩ができた頃からその名が知られるようになった。仙台の伊達政宗と並んで最大の外様大名だった前田利家は「治にいて乱を忘れず」と、貯蔵食品としての味噌づくりを推奨した。加賀味噌は米麹を多く使い、保存が効くように塩味をやや強くしてある。金沢には以前、味噌蔵町という地名もあった。長い間、小学校にその名をとどめていた。

仙台藩でも政宗が味噌づくりに力を入れ「仙台味噌」として今に伝わっている。有事の際の保存食として、味噌がいかに重要視されていたかがわかる。

今は、長野の「信州味噌」が全国シェアの四割ほどになっているが、各地には自慢の味噌がたくさんある。甘いものから塩からいものまで千差万別。それを味わうのも旅の楽しみの一つだ。北海道から沖縄まで、大豆、麦、米を原料として実に様々な味噌が作られる。誰もが自分の口に馴れ親しんだ地元の味噌が一番美味しいと思っている。「手前味噌」とはよく言ったものである。

中国では味噌のことを「醤」という。甜麺醤（テンメンジャン、甘味噌）や豆板醤（トウバンジャン、唐辛子味噌）などが有名だ。韓国でもプルコギ（すき焼き風焼肉）やビビンバ（混ぜご飯）で使うコチュジャン（唐辛子味噌）がある。

しかし、味噌の種類と使い方の面で日本は中国、韓国をはるかに上回っている。米味噌、麦味噌、大豆味噌など各地で様々な種類の味噌が製造され、ありとあらゆる食べ物に使われる。味噌田楽、味噌だれ焼鳥、味噌煮込みうどん、味噌もつ鍋、味噌けんちん汁、味噌饅頭、味噌煎餅、土手焼、牡蠣鍋、ほうとう、葱味噌煎餅、朴葉味噌、味噌かつ、味噌素麺、味噌漬など、数え上げたらきりがない。味噌は優れた健康食であることが証明されている。味噌を常食としている日本人の長寿の一因となっているのかもしれない。

味噌汁のことを中国では「醤湯（ジャンタン）」というが、日本での生活経験がある人以外はあまり好まない。日本こそ、味噌王国なのである。

味噌からは、時間が経つとたまり醤油が滲み出てくる。これを精製して醤油にするのだが、まだ醤油になっていないもの、つまり「未醤（みしょう）」。これが「みそ」という言い方に変化した、といわれる。

味噌は飛鳥時代の仏教伝来に前後して、中国から朝鮮半島を経て日本に伝えられたとの説が有力。しかし、それ以前に、北国で日本独特の味噌がつくられていたという話もあり、定かではない。とにかく味噌は、長い時間をかけて広まり、日本独特の保存食として定着する。特に江戸時代になると各地の大名が地元でとれる米、麦、大豆を利用し、競って味噌づくりに励んだのである。

先日愛知県の岡崎市に立ち寄った。徳川家康が生まれた岡崎城があるところだ。ここを流れる矢作川沿いで「八丁味噌」の製造が行われた。城から八丁（八百メートル強）ほど離れたところでつくる味噌だったので、この名がついた。現在「八丁味噌」の蔵元は二社。愛知県には同様の味噌を製造しているところもあるが、それらは「三河味噌」「三州味噌」などの名で売り出している。「八丁味噌」二社のうちの一社で、八丁味噌の製造工程を見せてもらった。原料は愛知県産の大豆。米、麦は使わない。大豆を蒸して拳大の味噌玉を作り、麹カビを塗り、発酵させて豆麹にする。それを砕き、塩と水を加えて直径二メートルの大きな樽に詰め、二年間寝かせる。樽に仕込まれる豆麹は六トン。上には漬物石の大きさの石を山の形に積み上げて重石にする。重さは全部で三トン。石を積み上げる技術は、習得に十年かかるそうだ。できあがった「八丁味噌」は、茶褐色をしている辛口味噌。中国の麻婆豆腐で使う「豆鼓」や浜松名物「浜納豆」とそっくりの味である。

味噌玉は春の季語にもなっている。長野の農家では、春に大豆を煮て藁沓で踏みつぶし味噌玉にして軒下、天井につるして乾燥させ砕いて味噌にするという。

味噌玉に火ぼこりのぼる黒天井　　法師浜桜白

味噌玉を吊る大庇大藁屋　　大橋たつを

（「雪垣」平成26年8月号）

トルコにて

トルコの世界遺産を巡る十日間の観光ツアーに参加した。トルコ語は皆目わからない。だから現地ガイド(トルコ人)付きの気楽なツアーを選んだ。

私は時折外国旅行に出かけるが、単に観光だけを目的にしているわけではない。外国から日本を見つめる機会を作るのである。新しい発見がある。見えなかったものが見えてくる。国内ではわからない日本の本当の姿が浮かび上がる。

トルコの遺跡では、トロイが印象的だった。大学生のころに見た映画「トロイのヘレン」を思い出した。その昔、叙事詩『イリアース』で、ホメロスが描いたトロイ戦争のあった場所とされる。

トロイの遺跡は、九層になっている。つまり紀元前三千年頃からこの地では九回の盛衰があったのである。トロイ戦争も本当にあったかどうかは定かではないが、今は土台しか残っていない遺跡と、エーゲ海からの爽やかな風に、詩情とロマンを感じた。

トルコは、世界で最も親日的な国の一つといわれる。流暢な日本語を話す人がたくさんいる。世論調査でも「好きな国」に第一位は、いつも日本なのだ。

「なぜだろう」と思いつつ旅を続けた。三日目だったか、バスの中でトルコ人の現地ガイドが「日本のビデオでもかけましょうか」といった。

まず「軍艦エルトゥールル号の遭難」のビデオ。これまでにも新聞、テレビの特集で報道されているので、ご存知の方も多いに違いない。一八九〇年（明治二十三年）九月十六日夜、事件は起きた。明治天皇への表敬訪問の後、帰途についたオスマン・トルコの軍艦「エルトゥールル号」が和歌山県大島村（現串本町）樫野崎付近の熊野灘で座礁、沈没。当時乗っていたと推定される乗組員五百九十六人のうち助かったのは僅か六十九人。それでも大島村民は不眠不休で生存者を介抱した。幸い全員が回復、無事トルコへ戻ることができた。

トルコ人ガイドによると、この事件は今もトルコの教科書に取り上げられているので、日本人よりもトルコ人の方がよく知っているのでは、とのことだった。

もう一本のビデオは一九八〇年から八年間続いたイラン・イラク戦争の最中、トルコ政府が日本に対し、九十五年前の「エルトゥールル号」の恩返しをしたというエピソードだった。

イラン・イラク戦争の最中、イラクのサダム・フセイン大統領は、突如「四十八時間後以降、イラン上空を飛ぶ航空機を無差別撃墜する」と一方的に宣言した。

イラン国内にいた他の国の人々は、自国の軍用機や民間機でイランを脱出。しかし日本は憲法の制約があり、自衛隊機の海外派遣ができず、民間航空も安全が確保できないとして救援機派遣を見送った。その結果、イランの首都テヘランに取り残された外国人は日本人だけとなった。

テヘランの日本大使野村豊は、藁にもすがる思いで個人的に親しかったトルコ大使に救援機派遣を頼み込んだ。これにトルコ首相が応じ、トルコ航空二機をテヘランへ飛ばし、タイムリミット寸前に日本人二百十五人を救出したのである。トルコ首相は「エルトゥールル号」遭難で日本から受けた恩義を思い出し、それに報いる決断をした、という内容のビデオだった。ビデオ上映が終わったバスの車内で、期せずして拍手が沸いた。「初めて知った」という人がほとんどで、「いい話だった。トルコが好きになった」という声が聞こえた。

トルコ人ガイドによると、トルコ人が日本びいきなのは「エルトゥールル号」の一件と「日露戦争」に原因があるそうだ。

なぜ「日露戦争」なのか。十六世紀以降、黒海付近で南下政策を推し進めていたロシア帝国と、それを阻止したいオスマン・トルコの間で、なんと十二回に及ぶ戦争・軍同士の衝突が勃発した。トルコにとって、ロシアは不倶戴天の敵。そんなロシアを相手に、日本海海戦で日本が大勝利した。これをトルコの人々はわがことのように喜んだ。

もう一つ、ガイドから重要なことを教わった。山田寅次郎という茶道の師匠がいた。山田は「エルトゥールル号」の遺族のために募金活動をし、遭難後二年間に集まった募金を持ってトルコに渡った。そしてオスマン皇帝に拝謁。皇帝はいたく感激、山田に対しトルコに留まってほしいと要請した。山田は皇帝の要請に応じ、士官学校で日本語と明治維新など、日本に関することを教えた。その教えを受けた生徒の中に、なんとのちにトルコ革命を指導、トルコ共和国建国の父として初代大統領になるムスタファ・ケマルがいた。彼は明治天皇を尊敬し、明治維新を手本にしてトルコ共和国を建国したといわれる。トルコ人を大の日本びいきにした理由の一つだろう。

現在、トルコの経済発展に貢献する日本企業の活躍はめざましい。昨年は、日本の大手建設業者がボスポラス海峡の海底トンネルを完成させた。日本企業が参加する新プロジェクトも進行している。日本の技術への信頼度は極めて高い。

今回の旅で、私を含め日本人はあまりにもトルコのことを知らなすぎることがわかった。それに比べてトルコ人は日本をよく知っていて、日本語もうまい。

日本人は、他国との関係の近代史をあまりにも知らなすぎる。そのため、中国や韓国などからもいろいろ言われているように思える。トルコとの関係も、私達はもっと知っておくべきだと、今更ながら思った次第である。

（「雪垣」平成26年9月号）

同窓会が消えた日

十月十日といえば五十年前東京オリンピックの開会式が行われた日である。昨年の、この記念すべき日に、戦前中国の遼東半島・大連にあったわが母校（小学校）の同窓会の最終総会が開かれた。最後の総会とあって、参加者は二百人以上。三十五年間続いた同窓会の終焉だった。

一時、千八百人いた会員が五百人に減り、役員の高齢化もあって、解散を余儀なくされたのである。涙を流す参加者も少なくなかった。

戦前、大連には多くの日本人小学校、中学校があった。その一つで「嶺前小学校（一時期国民学校）」があった。私自身、この小学校に在籍。敗戦で卒業することはできなかったが、兄と三人の姉はこの小学校の卒業生である。

終戦、というより敗戦を迎えたのは小学三年生の時だった。八月十五日の玉音放送は、自宅で聞いた。間もなくソ連軍、中国八路軍（のちの人民解放軍）、蒋介石率いる国府軍が相次いで進駐して、大連市全域を入れ替わり支配した。私達の嶺前小学校は八路軍に接収され、学校はなし崩し的に消滅した。

その後は「日本鬼子！」と中国人から罵声を浴びせられながら、昭和二十二年二月から始まった引揚まで、飢餓と寒さに苦しみながら過ごすことになる。

その事はさておき、戦後しばらくたって、東京を中心にして大連の小学校同窓会が誕生しはじめ、やがて大連で生まれ育った人たちが中心となって「大連会」も組織され、各小学校同窓会の連絡組織の役割を果たすようになった。私達の小学校同窓会である「嶺前会」も先輩達の大変な努力の末、昭和五十五年に発足した。

大連出身の有名人は多い。故人を含め思いつくまま敬称略で挙げると――

大来佐武郎（政治家、外務大臣）、岡崎久彦（駐タイ日本大使、外交評論家）、向坊隆（学者、東大総長）、山田洋次、羽田澄子（映画監督）、遠藤周作、清岡卓行、千田夏光（作家）など。

大連市内十七小学校の一つに過ぎないわが嶺前小学校の同窓生でも傑出した人がいる。これまた故人を含め敬称略で。

井上孝（国土庁長官、参院議員）、岩波淳子（岩波書店社長夫人）、高野悦子（岩波ホール支配人）、加藤千麿（名古屋銀行頭取、会長）、岩見隆夫（毎日新聞特別編集委員、政治評論家）、都竹理（医学博士、新聞健康相談回答者）、平賀登美子（タレント・タモリの実母）など。ユニークな人が目立つ。

私達満洲出身者は、大陸的というか、日本で生まれ育った人とはどこか違った一面を持ち合わせているらしい。他人と違ったことをやる。一人旅が好き。自分の好きなように行動する。変わり者、へそ曲がりといわれても平気、人間関係で悩まない。ブームに左右されない等々。私自身、確かにそんなところがある。

大連出身で名をなした人を見ると、やはり他人を違った道を歩き、成功した人が少なくない。なぜだろう。

思い当たることがある。人間は農耕民族型と狩猟民族型に分かれるという。農業は、田植えの頃には田植えをし、隣の人が大根を蒔けば、自分も同じように大根を蒔けば間違いがない。

狩猟は違う。ある人が鹿を射止めたからと、同じ場所に行ってみても、もうそこには鹿はいない。鹿が通りそうな別の場所で待ち伏せする必要がある。他人と同じ行動をしたくない大陸育ちは、狩猟民族が多い中国北方人の考え方の影響を受けているように思う。

私の敬愛する「雪垣」同人の奥村善久(誠一路)氏が、先ごろ「工学のノーベル賞」といわれる「チャールズ・スターク・ドレイパー賞」を受賞した。携帯電話技術の先駆者として評価されたのである。そして『他と異なることを怖るるなかれ—奥村善久博士の軌跡を読む』(出島二郎編著)が出版された。

本のタイトルを見て膝を叩いた。そうだ、そうなのだ。他人と同じことをやっていては所詮どんぐりの背比べでしかない。他人がしないことをする。奥村氏の受賞は、他人と同じことをしたくない私達「大陸育ち」を励ましてくれているような気がした。ことのほか嬉しかった。

わが母校同窓会の最終総会の話に戻る。私はこの同窓会の幹事として、会報の編集、総会準備、司会・進行などをつとめてきた。そして総会が回を重ねるたびに、同窓会の力がなくなっていくのを肌で感じていた。

当然のことだ。同窓会で最も若い人が既に七十五歳。学校そのものが既にないのだから新しい人は入ってくるわけがない。会は確実に消える運命なのである。

仕方がない。私達はその運命を受け入れ最後の同窓会総会開催に全力を注いだ。そして同窓会「嶺前会」は消滅した。

私は、毎年角川の『俳句年鑑』を買い求めているが、毎年、結社の数が減少している。これは気になる。様々な理由があるだろうが、気づかないうちに「仲良しクラブ」になってしまい、若い俳句愛好者の入会意欲をそいでいるように思う。若い層が入ってこない組織は、私達の同窓会と同じく、必ず衰退する。

衰退の原因の多くは、内側にある。

鉄を食ふ鉄バクテリア鉄の中　　三橋敏雄

（「雪垣」平成27年1月号）

カリブの空と海

カリブ海クルーズで、中米の小国ベリーズへ行ってきた。アメリカ・フロリダ半島にあるフォートローダデール港から一六〇、〇〇〇トンの客船での旅である。

一九八一年九月、英国の植民地だったベリーズが独立した。リオデジャネイロ駐在特派員だった私は、その取材のため初めてベリーズに行った。

ベリーズ最大の都市、ベリーズシティで、当時一家族しかいなかった日本人の井上堅介氏に出会った。電気関係の仕事をしていた。たちまち意気投合して痛飲。酒の勢いで「今度は豪華客船に乗って、ベリーズに来る」と叫んでしまった。これは勇み足だった。毎年彼から送られてくるクリスマスカードに「いつベリーズに来るのか」と催促の添え書きをしてくるようになったのだ。

三十余年の月日が過ぎ去った。定年退職したことだし時間はある。何とかしなければ男がすたる。豪華客船に乗って行くという約束もある。旅行会社が企画するクルーズを探したが、ベリーズに立ち寄るプランはなかなか見つからない。

やっと見つけて申し込んでも催行に必要な人数が集まらず、キャンセルになる。仕方なく、割高になるがアメリカのクルーズ会社に直接申し込む「個人旅行」に切り替え、家内と二人で出かけた。

フォートローダデールで乗り込んだクルーズ船は、数年前までは世界最大だった一六〇、〇〇〇トンの「リバティ・オブ・ザ・シーズ」号。日本のクルーズ船「飛鳥Ⅱ」が五〇、〇〇〇トン弱だからその大きさがわかるというもの。最大三千六百六十人の客を乗せることができる巨船である。今回の乗客は客室を一人で使用する人もいるので三千三百人。空いている部屋はない、との事だった。

日本人乗客は私達夫婦の二人だけ。八割以上がアメリカ人、カナダ人。一割が中南米諸国の人々。たまに東洋系の人を見かけるが、多くは米国籍の韓国人や中国、台湾の人だった。無論、クルーズ船に日本人スタッフはいない。

連日快晴だった。船の旅は天候の良し悪しが大きく影響する。晴れていれば台風一過の空のようで、海もエメラルドグリーンと深い紺色が広がる。特にカリブの海は、言葉で言い表すことができないほど美しい。カリブ海諸国に工業地帯がほとんどないためだろう。美しい海を満喫するカリブ海クルーズは、アメリカ人にも大変な人気なのだ。

船はキューバ沖を通り、見え隠れするメキシコ・ユカタン半島付近を南下、三日目にベリーズ着。この国の人口は三十万。産業は、漁業、林業のほか、カカオ、柑橘類、砂糖栽培などの農業、それにマヤ遺跡、サンゴ礁などの観光が主である。

ベリーズは決して豊かではない。個人所得も日本の三分の一。アフリカ系や原住民などの有色人種が九割を占めている。しかし、人々は実に悠々と暮らしている。時間が静かに流れる。軒下の犬も、寝そべったまま時折り大あくびをしている。平和そのものだ。以前、植民地時代には町中にあったユニオンジャックの旗は、紺色のベリーズ国旗に代わっていた。

この国の海は遠浅である上サンゴ礁があるので、大きな船は接岸できない。ボートで順次上陸する。乗客三千人が上陸し終わるまでには三時間ほどかかる。私達は上陸が始まってから二時間でボートに乗れた。友人の井上氏は奥様と共に桟橋で私達を迎えてくれた。

長い間待ち続けたこの瞬間。なにせ、地球を半周するほどの距離に住む二人である。感動的なはずなのに「やあやあ」と、ごく平凡な再会であった。

彼は以前住んでいたベリーズ最大の都市、ベリーズシティから八十キロほど離れたメキシコ国境に近い農村地帯へ移り、綿花栽培をしている。この日は朝早く自宅を出発、数時間かけて私に会いに来てくれたのだ。彼が乗ってきたのはアメリカの最高級車、リンカーンだった。どうやら綿花栽培は順調らしい。

私達は、その車で近くの飛行場へ。サンゴ礁の島にある別荘地、サンペドロまで小型飛行機で行き、昼食を共にした。

サンペドロ前に広がるカリブ海は格別に美しかった。潮風を頬に感じながら、あの時と同じように杯を傾けた。つもる話になるかと思っていたが二人とも言葉は少なかった。「やっと会えた」という感激が大きすぎたのだろう。

ベリーズ滞在はたった四時間だった。クルーズ船に戻らなければならない。夫妻は、私達が乗ったボートが出発するまで桟橋に立って見送ってくれた。

今度の旅は、井上氏に会うことが全てだった。クルーズ船はその後、メキシコのコスメル島へ立ち寄ったので、島の観光やトゥルムというマヤ遺跡へ足をのばしたりした。だが、そんな観光よりも酒の上での約束ではあったが、再会の約束を果たすことができた満足感が私を包み込んでいた。

帰国した翌日、井上氏からメールが届いた。

「三十三年ぶりにお目にかかり誠に感激一杯でした。前にベリーズに来られた時、ベリーズ警察署前のユニオンジャックの旗の下で、道行くベリーズ人を一時間以上も観察され『ベリーズ人は、目がとても優しい。本当に素晴らしい国です』と言われたことを昨日の事の様に思い出しました」

青い空と海、そしてそこに住む人々の人柄に魅せられて井上氏がベリーズに住みついてから、半世紀近くになる。

（「雪垣」平成27年2月号）

終わらない戦後

今年は戦後七十年。しかし、私の中では戦後はまだ終わっていない。両陛下も太平洋戦争で激戦地となったパラオへ戦没者の慰霊に出かけられた。国内、国外を問わず戦争の傷跡は決して消えていない。

今年初め、鹿児島・南九州市知覧町にある「知覧特攻平和記念館」へ行った時のことである。売店で、一冊の本に目がとまった。子犬と戯れる特攻隊員の写真が表紙の『知覧特別攻撃隊』（ジャプラン）という本で、編者は高岡修とある。俳人の高岡修氏ではないかと略歴を見た。やはりそうだった。鹿児島市で俳誌「形象」の主幹をされている方だ。詩人でもある。早速一冊買い求めた。

太平洋戦争の末期に沖縄戦が始まり、鹿児島の鹿屋には海軍航空機による特攻基地が、知覧には陸軍の基地がおかれた。当時日本には空軍がなく、航空隊は陸軍、海軍それぞれにあった。

知覧の陸軍特攻基地は、万世、都城など周辺の陸軍特攻基地の主軸的役割を担っていた。この基地から飛び立った戦死特攻隊員は四百三十九名、周辺基地分を含めると千三十六名、うち石川県出身者は十七名。一方、海軍の鹿屋基地から出撃、戦死した特攻隊員は九百八名。隣接の串良基地などを含めると、海軍の戦死特攻隊員は千二百七十一名にのぼった。

爆弾を積んだ飛行機もろとも、敵艦に体当たりする特攻戦法は、まず海軍が考え出した。戦況が悪化した昭和十九年秋に、フィリピンで初めて実施に移される。発案者は、当時の海軍第一航空艦隊長官、大西滝治郎中将。艦隊首席参謀だった猪口力平大佐らと相談の上決定したという。「神風特攻隊」の名付け親は猪口大佐。最初は「神風」を「しんぷう」といっていたが、のちに「カミカゼ」となった。

実はこの猪口参謀、大学で私と同じ研究室にいた大学院生Tさんの実父である。戦後、海上自衛隊幹部学校で教鞭をとる一方、全国の特攻隊員の墓を巡礼されていた。私自身、直接お会いして当時の話をお聞きしたことがある。

海軍での攻撃機は、通称「零戦」が使われ、当初はかなりの戦果をあげた。やがて沖縄戦で、絶望的な戦況の起死回生を図るため、陸軍も三式戦闘機「飛燕」などを使って特攻に踏み切った。そして陸軍は知覧、海軍は鹿屋に司令基地を置き、陸海軍とも壮烈な特攻戦に突入する。

この他にも、さまざまな基地から特別攻撃が行われ、太平洋戦争全体で特攻隊員として散華した若者は六千人に達したといわれる。

話を『知覧特別攻撃隊』の本に戻す。

先にもふれたが、表紙は、出撃を前にして子犬をあやす五人の特攻隊員の写真である。十八歳、十六歳の少年。翌日に出撃、死んでゆくものとは思えない屈託のない笑顔。写真を見ていると、余計に哀しさがこみあげてくる。

この本には、出撃を前に隊員が書いた多くの遺書、日記、詩、短歌、俳句が掲載されている。共通しているのは、国家の為に死ぬのは名誉であること、両親、家族への感謝の言葉を淡々と綴っていることである。

詩について、編者高岡氏の解説。「詩とは元来、書かれているものより書かれていないところの本当の意味が満ちているものです。詩は行間で読むものだ、という意味がそこにあります。（中略）直接書かれている言葉の背後には、書かれざる多くのことが満ちみちているのです」。

高岡氏はまた、総毛立つような実話も紹介している。

熊谷飛行学校で、少年飛行兵の訓練を担当していた藤井一中尉一家の話だ。藤井中尉は妻と娘二人がいた。彼は教官として多くの教え子を特攻隊員として送り出した。そして自らも特攻隊員になりたいと志願し続けたが、上層部に受け入れてもらえなかった。

そんな夫の苦悩を見て、妻は「私達がいては後顧の憂いになり、十分なご活躍が出来ないでしょう。お先にあの世でお待ちします」との遺書を残し二人の娘と共に近くの川に身を投げた。それを知った藤井中尉はますます特攻への意思を固めた。間もなく知覧へ配属され、念願の特攻隊員として出撃、帰らぬ人となった。二十九歳だった。

今考えると狂気の沙汰としか思えないが、当時は当たり前の事だった。小学生の私ですら、軍人になって天皇陛下のために命を捨てるのだ、と本気で思っていた。

かつて日本海軍が「大和」と共に世界に誇った戦艦「武蔵」が、つい先日、フィリピン・シブヤン海の水深千メートルのところで発見された。

「武蔵」は昭和十九年十月、レイテ島沖作戦に加わり、米軍機の猛攻を受けて沈没した。その時、運命を共にしたのが艦長の猪口敏平少将（のちに中将昇進）。神風特攻隊名付け親、猪口力平中佐の実兄、つまり大学のT先輩の叔父である。

深い戦争の傷跡。私は中国東北部の大連で、多くの日本人が飢えと寒さで死んで行ったのをこの目で見、悲惨な引揚も体験した。私の家内の叔父はボルネオへ送られる途中、輸送船が撃沈され南海の藻屑と消えた。そして石ころが一つ入った白木の箱となって戻ってきた。

私と私の周辺でも、戦後はなお続いている。

白薔薇よ地の涯を海墜ちつづけ　　高岡修

（「雪垣」平成27年6月号）

「はまぎく」のホテル

わが家の本棚に分厚い一冊の本がある。三十年ほど前に出版された井上ひさしの小説『吉里吉里人』だ。宮城県と岩手県の県境の一寒村が、突然日本政府に反旗を翻し、独立国を作るという話である。とても面白く読ませてもらった。小説では吉里吉里は架空の地名だが、「吉里吉里」という地域が岩手県上閉伊郡大槌町に、実際に存在することがわかった。井上は以前から知っていて、著書の題名にしたのかもしれない。

吉里吉里がある大槌町では、小説『吉里吉里人』が発売されると、いち早く町起しの一環として「吉里吉里国」の独立を宣言して話題になった。しかし、平成二十三年三月十一日の東日本大震災の際に起きた大津波で、大槌町を始め東北の太平洋沿岸が壊滅状態になった。

あれから四年が過ぎた。復興はどの程度進んでいるのか。「吉里吉里」付近はどうなっているのか、状況を見たいと思った。

ＮＨＫドラマ「あまちゃん」の舞台となった岩手県久慈市からやっと再開した三陸鉄道リアス線

（久慈―宮古）で南下、車窓から各地の復興状況を見る。海岸地帯では堤防の補修や土地のかさ上げが行われている。ただ本来なら一面の青田の筈なのにそれがない。津波の後も塩分が残っていて、何も作れないという。

田野畑、宮古、浄土ケ浜など各地の状況を見る。どこも復興工事の真っ最中。まだまだ時間がかかりそうだ。

宮古からさらに南下。いよいよ大槌町の吉里吉里へ。この地区の北部には、浪板海岸という美しい砂浜があった。それが大地震と津波で消えてしまった。一帯の地盤が一メートルほど沈下したためだ。今は、太平洋の荒波が防波堤に打ち寄せ、波しぶきがあがっている。

一時、吉里吉里ブームで賑わったこの町だったが、震災以後、そんな雰囲気は全くなくなった。津波に町全体が呑みこまれ、町役場で指揮をとっていた町長も犠牲になった。民家の上に大小様々な船が打ち上げられたのも、この町である。多くの人が家を失い、いまだにプレハブの仮設住宅に住んでいる。

「三陸花ホテルはまぎく」という長い名前のホテルで一泊することにした。ここは以前「浪板観光ホテル」というリゾートホテルで、夏には海水浴客でにぎわっていた。なぜ「はまぎく」がついた名に変えたのだろう。

このホテルも三・一一の大津波に呑みこまれ、一瞬にして廃墟と化した。津波警報が発令され、社長と料理長が宿泊客や従業員の避難を指示、最後の館内点検をしていた。その時に津波が襲ってきた。三階の客室まで、あらゆるものを破壊しつくし、社長、料理長、通勤途中の従業員二人、それに自宅にいた社長の奥様を家ごとさらって行った。社長夫妻と料理長は、今もって行方不明のままである。

「浪板観光ホテル」は二年半かけて全面改修。六階建六十三室、従業員二百七十人の「三陸花ホテルはまぎく」として営業を再開した。「はまぎく」としたのは、以前このホテルに宿泊された皇后様が、近くの海岸で「はまぎく」に関心を持たれたことに由来する。

それはさておき、このホテルに宿泊して驚いたことがあった。夕食の食堂で「あら汁」を客席に運んでいた中年の男性がいた。次の日の朝食時には､同じ男性が食堂の一角で卵焼きを作っている。他の従業員に聞くと、総支配人の立花和夫さんだという。ホテルの責任者がみずから先頭に立って接客する姿に心を打たれた。

立花さんは忙しい時間をさいて、ホテル復興のエピソードを話してくれた。

「あの日、津波警報が出てこれはいけないと思いました。当時、秋田からお見えになっていたお客を裏山などに避難していただくのに必死でした。津波はホテルの三階を突きぬけて裏の道路を横切り、山にまで達したのです。ホテルで逃げ遅れた人はいないかと点検していた社長と料理長は、波にさらわれたままです」

「ホテルは無残な姿。私達は瓦礫の山の中で必死に社長、料理長をさがしました。そんな時『お手伝いしましょう』とボランティアの方々が連日瓦礫の撤去作業を手伝って下さいました。日本人って本当にすごいと思いました」

「大地震の十四年前、平成九年十月の『全国豊かな海づくり大会』で、大槌町を訪問された天皇、皇后両陛下がこのホテルにお泊りになり、社長の案内で海岸を散歩された時のこと。皇后さまは海岸の『はまぎく』に足を止められました。後日、社長は『はまぎくの種』を皇后さまにお送りいたしました。皇后さまは皇居のお庭で今も大切に育てられているとのこと」

「一時はホテル再建をあきらめかけたのですが、被災後、両陛下からお見舞いのメッセージをいただいた時、思い出したのが『はまぎく』の事でした。ボランティアの方々の励ましと共に、再興の大きな力となりました。ホテル名にこの花の名をつけたのも、そんな理由からでした」

「はまぎく（浜菊）」は、青森から茨城までの太平洋岸に自生する野菊の一種。十月から十一月にかけ白い花をつける。花言葉は「逆境に立ち向かう」。秋の季語で富安風生の句に〈浜菊に海嘯（つなみ）は古き語り草〉がある。忘れた頃にやってくるのが災害。それに対する警鐘だろうか。大槌町の「三陸花ホテルはまぎく」付近の「はまぎく」は、もうすぐ可憐な花を咲かせる。

（「雪垣」平成27年10月号）

記念艦「三笠」

神奈川県横須賀市といえば「カレーの街」。平成十一年に「カレーの街」を宣言した。目玉は「海軍カレー」で、それを食べさせてくれる店は約三十ある。要するに「海軍カレー」で町おこしをしようというわけだ。

今回はカレーの話ではなく、横須賀のもう一つの顔「記念艦三笠」についてである。明治時代には最新の戦艦だった。しかし、現在は「博物館」となり、横須賀の観光名所になっている。私も通りすがりにその姿を見たことが何度もあったが、見学する機会がなかった。日露戦争の日本海海戦で東郷平八郎連合艦隊司令長官（海軍大将、のちに元帥）の指揮のもと、ロシア・バルチック艦隊をうち破った有名な戦艦「三笠」そのものである。

米海軍横須賀基地に接した現在の場所に「三笠」が砂利やコンクリートで固定されたのは大正十五年。艦首は皇居に向けられている。「三笠」は記念艦としてこの場所で激動の時代を見続けてきた。

戦後、米軍によって甲板から上の構造物はすべて撤去され、一時水族館、ダンスホールなどとして使われて来た。この荒廃ぶりを嘆いたイギリス人が「ジャパンタイムズ」に意見を投稿したことがきっかけとなり、ニミッツ元帥ら米海軍関係者の協力もあって、昭和三十六年に主な装備のレプリカをつくって復元された。今では世界三大記念艦の一つに数えられている。

私が「記念艦三笠」に行った日は抜けるような青空だった。二本の煙突、二本のマストで、全体が灰色に塗装された「三笠」は、近寄ってみると結構大きな感じだった。東郷平八郎の銅像が「三笠」を背に立っている。

明治三十五年、イギリス・ヴィッカース社のバロー・イン・ファーネス造船所で建造された「三笠」は、全長百三十二メートル、全幅二十三メートル、一五、一四〇トン。装甲の鋼板は舷側が厚さ二十二・九センチ、甲板は七・六センチ。口径三十センチ主砲四門を装備、当時世界最強の戦艦とされた。「三笠」の保存状況は、極めて良好だ。百数十年前に造ったものとはとても思えない。保存のために設立した「三笠保存会」の努力のたまものだろう。

艦内に入って真っ先に目についたのは、日本海海戦で被弾し、穴だらけになった「三笠」の鋼材で作った灯籠だった。伊藤博文の所有だったが「三笠」に返還されたのだそうだ。鋼材は破れ障子のようにめくれあがっている。ロシア艦隊の砲撃が、いかに激しいものだったかが、よくわかる。

中甲板に展示室があって、そこには東城鉦太郎の「三笠艦橋の図」の原画が展示されていた。「三笠」

艦橋最上部の絵で、サーベルを手にした東郷平八郎司令長官を始め、海戦の戦術考案者の秋山真之参謀、加藤友三郎参謀長、伊地知彦次郎艦長らが描かれている。司馬遼太郎の『坂の上の雲』の一場面である。

この場面の艦橋も復元されている。上甲板から急な階段をのぼり艦橋へ行ってみた。思ったより狭い。四畳半くらいの広さだろうか。東城の絵ではここに十数人がいたことになっている。東郷、秋山、加藤、伊地知が立っていた床には、それを示すプレートが貼られていた。

中甲板に戻る。電信室があった。対馬付近で、北進するバルチック艦隊を発見、「敵艦見ユ」の電報を打ったのが仮装巡洋艦「信濃丸」。電報は「三笠」の、この電信室でキャッチした。

「信濃丸」は日本海海戦のあと、サケ・マス漁の母船となり、太平洋戦争終結後、引揚船として中国、ソ連から引揚者を運んだ。私自身、昭和二十二年にこの「信濃丸」で大連から引き揚げてきた。「信濃丸」は昭和二十六年に廃船、解体された。

連合艦隊の旗艦だった「三笠」は、バルチック艦隊の集中砲火を浴び、命中弾は三十数発。だが人的被害は少なく、死者八名、負傷者百五名だった。日本海海戦全体の戦死者は日本側が百六十名、ロシア側はなんと四千五百四十五名を数えた。

「三笠」は修理のため佐世保港に戻ったが、すぐに弾薬庫が爆発、沈没した。原因ははっきりしない。一年後に引き揚げられ、修理ののち第一線に復帰するが、参謀秋山真之はこの事故について、日本海海戦で勝ちすぎたことに対する天の報いと感じたらしい。憑かれたような、宗教めいた言動が目立ち始めたという。

再び「三笠」の艦橋に立って東京湾を眺める。「三笠」のマストには今もあの有名なZ旗が翻っている。「皇国ノ興廃コノ一戦ニアリ　各員一層奮励努力セヨ」との東郷大将の檄を意味するZ旗。「皇国ノ…」の文は秋山真之の起案とされる。

Z旗の向こうは突き抜けるような秋空。思いは遠く明治の時代に飛ぶ。明治維新という激動期を乗り越えた日本の前に立ちはだかったのは、欧米列強の植民地主義だった。特にロシアの南下政策は日本を圧迫。ロシアの朝鮮半島進出を阻止しようと、必死の思いで日露戦争に突入。そして奇跡的に勝利した。

しかしこれが日本の軍国主義者を勢いづかせる。そして日韓併合、満洲事変、日中戦争、太平洋戦争へと突き進んでしまう。この過程で、近隣諸国との間に根深い問題が生じ、それが現在の対中国、対韓国問題を生んだ。

日露戦争以降、人が変わったとされている秋山真之は、大正七年四月二日、虫垂炎を悪化させて他界した。辞世の句は〈不生不滅明けて鴉の三羽かな〉。かつては正岡子規と共に文学の道を志したこともある秋山真之の一句をどう読めばいいか。

（「雪垣」平成27年11月号）

温泉ばんざい

「おやじギャグ」と若い人は軽蔑するが、膝を叩きたくなるような傑作も少なくない。新聞のコラムを読んで笑ってしまった。たばこ会社のコマーシャルに「今日も元気だ、たばこがうまい」というのがあったが、昨今は文中の「が」の濁点を取って「今日も元気だ、たばこかうまい（買うまい）」なのだそうだ。

安倍首相は年頭の施政方針演説で「挑戦」という言葉を連発した。テレビを見ていた家内は「首相は挑戦という言葉が好きみたい。あなたは？」と聞いてきた。それで「チョウセン（挑戦）よりオンセン（温泉）！」と答えて叱られた。

半ば本気である。左脚が坐骨神経痛なのに加えて右足首を捻挫してしまい、湯治をしているからだ。最近、とみに温泉通いに拍車がかかっている。「雪垣」会員も「温泉ファン」が多いと聞いた。

昨年末は、能登の輪島へ出かけた。句友に会うためでもあったが、湯治の方が主目的。ホテルの温泉大浴場に通った結果、足の痛みは少し引いてくれた。

しかし、気温が下がると神経痛の痛みは増す。捻挫した右足首は、医者から「半年以上かかるかも知れない」と言われている。「溺れる者は藁をもつかむ」である。坐骨神経痛と捻挫の両方に効果のある温泉はないか。いろいろ調べた結果、ちょっと遠いが北海道・十勝川温泉がよさそうに思えた。

この温泉「モール温泉」と呼ばれ、地中の泥炭層を通って湧出する茶褐色の弱アルカリ泉。肌がつるつるになるので「美人の湯」として知られている。私が苦しんでいる坐骨神経痛や捻挫にもよいという話である。

帯広空港は雪に埋もれていた。滑走路も真っ白だ。それでも航空機はいとも簡単に着陸した。私が若い頃、ヨーロッパへ行く航空機は給油のため、必ずアラスカのアンカレッジに立ち寄ったものだが、その時に見た滑走路は雪に覆われていることが多く、恐ろしかった。帯広空港ではその時のことを思い出していた。

ホテルの送迎車で十勝川温泉に向かった。約五十分。粉雪である。周辺に積もった雪が風で吹き上げられ、道路を横切ってゆく。北陸の重い雪とは別の、さらさらした雪だ。

ホテルに着いて寒暖計をみたら零下六度だった。夜にはもう少し下がるらしい。

部屋に荷物を置き、まず温泉浴場へ。脱衣場にある温泉分析表で禁忌症、適応症を確認する。pH七・七八。神経痛と捻挫は適応症に記載されていた。禁忌症に該当する症状はなし。安心して浴槽へ。源泉掛け流しで、水は加えてない。湯量はたっぷり。源泉の温度は四十四度以上だそうだが、冬の期間は冷えるのが早いので、若干加熱している。

この温泉は枯葉のような匂いがする。これは泥炭の中に含まれる有機物フミン酸の匂い。火山系の、例えば硫黄を含む温泉などとは違って優しい感じがする。落葉が積もる森の中にいるような気分になる。

温泉入浴の常識として一日三度が限度といわれるが、私は温泉馴れしているのであまり気にしない。何回入浴しても、湯あたりなどはしたことがない。心がけているのは、みかんを食べること。ビタミンCの補給が湯あたり防止に良いと、温泉通にアドバイスされたことがあるからだ。

ちょっと説明しておきたい。「モール温泉」についてである。私が今回湯治のために行った十勝川温泉は、日本での「モール温泉」の発祥地である。百年ほど前、現在の温泉街付近から低温の温泉が出ていた。それを地元の人が井戸を掘って、より高い温度の温泉を手にした。太平洋戦争が始まる昭和十六年前後のことだ。

一般に、地上の温度に比べ地中の温度はマグマの影響で百メートルごとに二度上がるといわれる。千メートル掘れば二十度上がる計算。二十五度以上あれば、成分には関係なく「温泉」と言える。

少し前まで「モール温泉」といえば、ドイツの温泉保養地バーデン・バーデンと十勝川温泉だけといわれた。今は、北海道から九州まで、各地で同じ泥炭成分を含む茶色の温泉が出ている。ただ、十勝川のような高温の「モール温泉」はあまりない。「モール」とはドイツ語で「泥炭のある湿地」という意味。「モール温泉」の名称は、わが国では十勝川温泉が初めて使ったのであり、現在は「北海道遺産」に指定されている文字通り「元祖」なのである。

十勝川温泉での湯治は四日間だったが、この地では珍しく大雪だった。ホテルから一歩も外へ行けない。それが良かった。一日中、湯治に専念することができた。

外は見事な雪景色である。防風林が肩を寄せ合っている。この景色に魅せられて私が住む川越の相原求一朗画伯は北海道に通いつめ、極寒の地の冬景色を生涯描き続けた。私は、といえば画伯が好んだ景色を窓越しに眺め、ぬくぬくと「モール温泉」を楽しんでいる。

滞在中、自分でもあきれるほど湯に入った。おかげで足の痛みはほとんど取れ、持参した折畳みの杖も使わなくて済んだ。無論、完治したわけではなく再発するだろうが、一時的にしろ痛みが和らぐのは嬉しい。

どんな成分が神経痛や捻挫に効くか、など医学的なことはさておき、結果が良ければ「温泉ばんざい」だ。次は伊東温泉に行く。楽しみである。物書きの私が、思わず「原稿より健康」と駄洒落を言いそうになった。

（「雪垣」平成28年4月号）

千三百年のロマン

私は今、埼玉県川越市に住んでいる。川越市に隣接する日高市では「高麗郡建郡千三百年」の年間行事に沸いている。このあたりは奈良時代の霊亀二年（七一六）から明治二十九年（一八九六）まで千百八十年間、ずっと「武蔵国高麗郡」という名称だった。今年は高麗郡ができてからちょうど千三百年目に当たる。

建郡千三百年の行事では、高句麗からの渡来人で、高麗郡の初代郡司（郡長）高麗王若光（こまのこきしじゃっこう）が祀られている「高麗神社」境内に、「高麗若光の会」が記念碑を建立。四月の除幕式には高円宮妃久子さまがご出席、文科相だった馳浩衆院議員も参列した。

日高市や高麗神社では、考古学者、歴史学者による高麗郡についての講演会、シンポジウムを立て続けに開催。彼岸花の群生で知られる「巾着田」では、走る馬から矢を射る「騎射競技大会」を開催、さらに「高麗浪漫学会」を発足させ、本格的に高麗郡研究を開始。またB級グルメ「高麗鍋」を大々的に売り出すなど、全市をあげての催しを繰り広げている。

渡来人を祭神としている神社は、大阪・枚方の百済王神社などがあるが、高麗神社のように歴代の宮司が祭神である若光の直系で、しかも「高麗」姓を名乗っているのは珍しい。現在の高麗神社宮司は、若光から数えて六十代目の高麗文康氏だ。

若光が日本に渡ってきたのは飛鳥時代。朝鮮半島では高句麗、百済、新羅の三つの国が覇を競っていた。しかし隣国の唐と手を組んだ新羅が、まず百済を叩いた。百済の残存勢力は日本に援軍を要請、これに応えて日本は出兵するがたちまち唐・新羅連合軍の反撃に遭って惨敗、百済の滅亡は決定的となる。有名な「白村江の戦い」(六六三)である。

高句麗は、今でいう北朝鮮から中国・東北部まで勢力を伸ばした強国だった。私の故郷大連周辺もその頃は高句麗の地であった。しかし、百済を滅ぼした唐・新羅連合軍は高句麗にも戦いを挑み、高句麗をも滅ぼしてしまった(六六八)。

百済に続き、高句麗からも多くの人が日本に逃れてきた。これらの人々は「渡来人」と呼ばれた。関西には今も「百済」という姓の人がいるが、この時代に日本へ亡命した人の末裔だろう。この頃、日本では高句麗を「高麗(こま)」、そこから来た人を「高麗人(こまびと)」と呼んでいた。

高麗神社の祭神となった若光は、高句麗が滅びる二年前、日本に援軍を求めてきた使者団の責任者の一人で、貴族だったと推測できる。『日本書紀』の天智天皇五年の条に「二位玄武若光」という記述がある。二位とは使節団の副使のこと。玄武は官位と考えられる。結局高句麗は滅亡し、若光は帰るところを失った。

『続日本紀（しょくにほんぎ）』にはその続きの記述が出てくる。大宝三年（七〇三）四月、「従五位下の高麗の若光に王（こきし）の姓を賜う」。つまり大和朝廷は若光が朝鮮の王族の出身者であることを認め、王の姓を与えたのだ。それで若光は「高麗王若光」と呼ばれるのである。

さらに霊亀二年（七一六）五月の条には駿河、甲斐、相模、上総、下総、常陸、下野の七ヶ国から、そこに住んでいる「高麗人」千七百九十九人を武蔵国へ移し、「高麗郡」を創設した、とある。現在の埼玉県日高市を中心とした地域だ。大和朝廷は、若光をその郡司に任命した。

当時、武蔵国には人が住んでいない原野がひろがっていた。若光を始めとする高麗人は、寝食を忘れて働いたに違いない。その一方で、高句麗の先進的な文化を日本に広めた。彼らが伝えた文化や技術は稲作、薬学、養蚕、機織り、仏教、陶器、紙漉きなどである。

彼らがどのように暮らしていたかは、そのほとんどが未解明。ただ、帰るべき故郷を失った彼らは、涙をぬぐいながらこの地を新たな故郷にすべく、ひたすら開拓に励んだことは容易に想像できる。そして明治になり入間郡に編入された時には、高麗郡は現在の日高市、鶴ヶ島市、飯能市から川越市、狭山市、入間市の一部という広大な地域に広がっていた。わが家がある川越市霞ケ関地区も、かつては高麗郡の一部だった。しかし千年以上の歳月は、その周辺から渡来という雰囲気を消し去った。今は遺跡や神社・仏閣に残る手がかりから当時を想像するしかない。

高麗神社の正面広場には樹齢三百年の彼岸桜の古木がある。そばに建てられた歌人釈迢空（折口信夫）の歌碑。

山かげに獅子笛おこる獅子笛は
　　高麗のむかしを思へとぞひびく　　迢空

毎年十月に行われる高麗神社の例大祭で、氏子達によって奉納される獅子舞。哀調を帯びた笛の音は、故郷を失った高麗人の啜り泣きのように私達に迫ってくる。迢空はそれを感じ取り、渡来人の苦労に思いを馳せたのだろう。

参道左手には、俳人加倉井秋をの句碑もあった。

引き獅子や昏れをうながす笛と風　　秋を

今は消滅した高麗郡。その歴史は判らないことだらけだ。それだけに限りないロマンを感じる。幸い高麗神社などに断片的ながらいくつかの資料が残っているし、この時代の遺跡も発見されている。「建郡千三百年」を契機に、高麗郡研究の加速を期待するのは、私だけではあるまい。

（「雪垣」平成28年10月号）

他人事に非ず

ＮＴＴを定年退職したあとエッセイストとして活躍している友人が『これまでは人のことか思いしに…』というエッセー集を出版した。

周辺で起きる問題を他人ごととして眺めていたのに、それがやがて現実の事として自分に降りかかってくる、という話を集めたもの。身につまされる。

今年、私は八十歳。傘寿である。気がつけば男性の平均寿命に到達していた。高校、大学の同期生、かつて同じ職場にいた同僚なども、半数が彼岸に渡ってしまったことになる。考えたくないことだが、あとは坂道を下っていくのみ。そしてやがては私も…、ということだ。

誰でも迎える最期。世の中、例外が多いものだが、これだけは例外がない。そうだとすれば、「死」についてあれこれ考えるよりも、そこへ至る間「どう生きるか」を考える方が重要だと思う。

最近、公民館の高齢者学級や高齢者団体から「老後の生き方」についての講演依頼が来る。理屈ではなく、多くの高齢者と接してきた福祉担当記者としてどう考えているか、私の経験と本音の話が聞きたい、というのである。

　正直なところ、言いにくいところもある。でも、私のささやかな経験が一部でもお役に立つならやむをえないと、なるべくお引き受けすることにしている。

　私が学んだ大学で、担任教授から「三人の賢人の言葉や著書を知っておくべきだ。それは生涯を通じて、生きていく上での指針となる」と教えられた。

　まず、古代ローマの哲学者、キケロ（前一〇六―前四三）の『老境について』（『老年について』という題で岩波文庫から出ている）である。

　次にローマの詩人ユベナーリス（六〇―一三〇）。「健全なる精神と健全なる身体を併せ持つことが望ましい」との名言を残した。

　三人目はドイツの社会学者、マックス・ウェーバー（一八六四―一九二〇）。彼の著書は多いが、特に『職業としての学問』をよく読むように、と言われた。私が学んだ大学は学者志望の学生が多かったので、先生はこの本を推奨されたと思う。但し私は学者の道に進まず、新聞記者になるつもりだったのでウェーバーは参考程度にし、座右の銘にしたのはキケロとユベナーリスだった。

　特に役に立ったのはユベナーリス。精神と肉体は、バランスよく鍛えなければならない、とするユベナーリスの考え方は、抵抗なく私の生きる指針となった。

　身体を鍛えるために、年金生活に入ってからは、専ら家庭菜園。二百平方メートルほどの畑を借り、鍬一本で耕す。夏は朝四時半に起きて、灼熱の太陽が昇る前に畑仕事をする。落葉や雑草で作った堆肥を畑にまき、畝をつくり、種を蒔く。

雨が降らない限り、毎日畑仕事。二時間ほどで汗ぐっしょりになる。帰宅してシャワー。きわめて爽快。食事はなんでも美味しい。午後七時頃には就寝。文句なく身体にいい。なるべく車は使わない。乗り物は専ら自転車。春夏秋冬、季節の風を肌で感じながら走る。自治会では高齢者対策の仕事を引き受け、「高齢者体操」「独居老人見守り」などのお手伝いをしている。

精神の面では、エッセーなど雑文書き、俳句、それに講演など。いずれもそれなりの勉強や下調べが必要である。楽ではない。時間もかかる。苦しみながらなんとかこなす。最近、高齢者定期健診に行くようになった。年齢なりの身体で、特に心配はいらない、との医師のご宣託だった。

キケロの『老境について』は、学生時代にはさほど感銘しなかったが、今読み直すと納得させられる点が多く、パワーをもらったような気になる。老人には長年の経験から得た「生きる知恵」がある。周囲の状況に適応する柔軟な身のこなしもできる。卑下する必要は毛頭なく、持てる力を発揮すればよい、という趣旨のことが書かれている。

さて、私の老後のこと。あとどのくらい生きるかは、それこそ「神のみぞ知る」である。とにかく死ぬまでは生きなければならない。私も老後が心配である。親しくしている老人施設の理事長に、恥を忍んで私の預金、年金などをすべて話して、老後をどうしたらいいか尋ねた。

彼は気の毒そうな顔をしてこう答えた。

「あなたの資産と貯金、年金では、入所できる民間の有料老人ホームは極めて限られる。いや、無理と思ったほうがいい。むしろ、当面は在宅で「介護保険」「公的サービス」を活用しながら限度まで頑張り、最終的には介護老人福祉施設（特別養護老人ホーム）入所を考えるのが現実的ではないか。自分が入るかも知れない老人ホームでボランティア活動に参加し、職員らと親しくしておくことも大切だ。自分が置かれた家庭的、経済的状況を踏まえ、常に専門家と相談できる態勢を作っておいた方がいい。最終的には、自分のことは自分で考えるしかない」

彼の結論は厳しくも納得できるものだった。

ただ漫然と老後を迎え、自分の意思に反する状況に置かれてしまって、涙、涙の毎日を送る悲劇。そうならないためにも、元気なうちに考えておいた方がよい。

老後の問題は「明日では遅すぎる」。しかし、そう思いながらも準備不足の人が多い。私もその一人である。


（「雪垣」平成28年11月号）

ほうとう

麺類が好きである。寒い時、風邪を引いた時など、あつあつの「煮込みうどん」と決めている。旅先でもその土地のうどん、蕎麦、ラーメンをいただく。つゆに使う醤油、味噌なども、それぞれの味を楽しむ。

冬の甲州（山梨県）。冠雪の富士山が青空にそびえ、底冷えの世界となる。盆地となっていることの地方の冬は京都と同じでその寒さはよく知られている。

そんな中で食べる「ほうとう」は格別だ。「ほうとう」は漢字で書くと「餺飥」。人参、白菜、牛蒡、しめじなどの野菜をたっぷり使い味噌、醤油で味付けをする。特に甲州では、必ずと言っていいほどかぼちゃを入れる。幅の広い生うどんや極太うどんを入れ煮込んだものである。味付けは味噌。「煮込みうどん」の一種といってよい。「うまいもんだよ、かぼちゃのほうとう」なるキャッチフレーズもある。かの武田信玄が陣中食として兵達にふるまったとされ甲州一帯に広まった。

山梨を旅すると「ほうとう」の看板がやたらに目立つ。専門店もあり、生めんは土産として人気がある。昨秋、河口湖の「紅葉まつり」へ行ってきたが、ほうとうを食べさせる店が軒を連ねていて、若者も親子連れも次々と店に吸い込まれて行くのを見た。

今の甲州のほうとうは、鶏肉または豚肉が一緒に煮込んである。以前、陣中食の頃は地元で調達が可能な野菜だけで、肉類は入れなかったようだが、近年になって観光客の要望で肉入りにしたらしい。現在でも、肉を一切入れないほうとうを売り物にしている店もある。

今でこそほうとうは当たり前の食べ物だったが、最近まで一般的ではなかった。青森生まれの太宰治は、昭和十三年、河口湖近くで初めてほうとうを食べた、という話が残っている。

ほうとうを神父と食へり冬隣　　石田勝彦

ほうとうは、甲州だけのものではない。埼玉にも深谷地方に伝わる郷土料理として「煮ぼうとう」がある。甲州のほうとうと違う点は、深谷地方特産の深谷ネギをふんだんに使った醤油仕立てであること。かぼちゃは使わず、じゃがいも、さといもなどを入れる。明治の大実業家、渋沢栄一は深谷の出身で、ほうとうが大好物だったとか。一緒に煮込む生うどんは、甲州のほうとうよりやや太く、歯ごたえがある。埼玉県北部は昔から小麦の産地であり、それが影響しているようだ。

ほうとうとはいわないがそっくりなものに大分の郷土料理「だんご汁」がある。醤油仕立てのものが多い。郷土野菜を使い、太い生うどんを煮込む。家内の実家が大分・中津市の耶馬渓にあるので、時々墓参りに行き、だんご汁を食べる。六十年ほど前、初めて大分に行き、だんご汁を食べたが、小麦粉の団子を入れたいわゆる「すいとん」だった。それがいつの間にか太うどんにかわり、それも「だんご汁」と呼んだ。同じようなものを熊本でも食べたが、こちらでは「だご汁」と言っていた。もっとも大分でも「だご汁」と呼ぶ地方があるようだ。

「煮込みうどん」は全国各地で見られる。名古屋の「味噌煮込みうどん」や大阪の「うどんすき」、富山の「もつ煮込みうどん」なども同じジャンルに入る。青森・八戸の「せんべい汁」も、うどんに代えて、鍋用に作った南部せんべいを入れているものである。

うどんはどこから来たのか。いろいろな説があるが、奈良時代に中国から伝わったというのが通説である。讃岐うどんの本場で「うどん県」の異名を持つ香川県では、弘法大師が持ち帰った、としている。

埼玉や群馬ではお客さんが来ると嫁がうどんを打ってもてなし、今でも何かお祝い事があると、うどんを打つ習慣がある。そんなこともあってか、埼玉県は香川県に次いで、うどん類の消費が多いそうだ。

「うどん」の俳句を探してみる。

船頭も饂飩うつなり五月雨　　泉鏡花

うどん供へて、母よ、わたくしもいただきまする　　種田山頭火

鏡花の句は、渡しの船頭のことを詠んだのだろう。五月雨の季節になると川の流れが速くなり客

が来ない。船頭も時間を持て余し、うどんを打っているのだ。

もう一句は、山頭火の代表句の一つ。山口県小郡の其中庵にいた山頭火は、昭和十三年三月、井戸で自殺した母親の四十七回忌に際し、位牌にうどんを供えて合掌する。九州へ行乞の旅に出る前のことだったらしい。

それにしても「ほうとう」「うどん」は、蕎麦やそうめんに比べて俳句に登場することが少ない。あまりにも庶民的で季節感も乏しいからだろうか。歳時記には「年越蕎麦」はあっても「年越うどん」はない。講談社の大歳時記でも「鍋焼饂飩」「釜揚饂飩」「饂飩すき」程度。例句も非常に少ない。まして「ほうとう」「だんご汁」などは見当たらない。

「ほうとうファン」の私にとっては、至極残念である。「ほうとう」も「うどん」も、もう少し俳句の世界でも市民権を得てもいいのではないか。

さて、今夜は気温がかなり下がっている。少し風邪気味である。「かぼちゃのほうとう」でも作ってみるか…。


（「雪垣」平成29年2月号）

煤逃（すすにげ）

「煤逃（すすにげ）」という冬の季語がある。ただし例句は多くない。暮れの大掃除を手伝わされるのがいやで雲隠れするような場合、あるいは煤払いで手足まといになる病人や子供が一時避難する場合のこと。前者の方が一般的で、ほのかなユーモアが感じられる季語である。

煤逃げといふことありて我は森に　安住　敦
煤逃といふも遠しや木曽にをり　森　澄雄
煤逃げの碁会のあとの行方かな　鷹羽狩行

そういう私も「煤逃」は得意。家内がばたばたやり始めると「図書館で調べものをする」と理由をつけてドロンだ。

ところが、十年ほど前からちょっと様子が変わった。大掃除は少し手を抜いて普段の掃除程度にし、年末年始は家内ともども近場の旅に出てしまう。家にいると初詣だ、おせち料理だ、年賀だと面倒なことばかり。旅に出てしまえば、煩わしいことは一切ない。孫たちへのお年玉は前もって渡しておく。年越しそばなどは、旅先で幾らでも食べられる。つまり、夫婦そろっての「煤逃」である。行く先は箱根周辺。大晦日はだいたい横浜、小田原、熱海辺りをうろうろする。大晦日といっても、ホテルがあるような都会ではレストランなどは普段通り開店しているし、コンビニもある。面倒くさくなればカップ麺の「年越しそば」を食べ、近くの神社へ初詣することもある。

元日は箱根の旅館に泊まる。翌二日は恒例の「箱根駅伝」（東京箱根間往復大学駅伝競走）がスタート、関東学生陸上競技連盟所属の二十大学と、オープン参加の選抜チームのランナーが箱根路を駆け抜ける。この二日間のイベントを応援するため、というのが私達夫婦の「煤逃」の理由なのである。

往路での応援スポットは箱根ホテル小涌園前。往路最終ランナーが過酷な登りの山道を駆ける。この区間で毎年様々なドラマが生まれる。

急な坂道で何人もごぼう抜きする「山の神」が現れたり、脱水症状で夢遊病者のようにふらふらするランナーが出るのも、この山道だ。

ホテル小涌園周辺は、毎年テレビ局のカメラが設置される、いわば特等席。朝早くいかないといい場所が取れない。私達も選手通過時刻より二時間ほど早く行って場所を確保する。

箱根駅伝は人気がある。沿道は二重、三重の人が応援の旗をもってひしめく。北海道から九州まで、各地から駅伝を見るためだけに来る。私の隣にいた親子は、大阪から来たといっていた。

復路は、平塚に一泊、朝早くコースとなる海岸沿いの国道まで行って応援する。往路のホテル小涌園前同様、旗を持った観衆が沿道に切れ目なく並び、声をからしての応援だ。

「駅伝」の名が出現したのは今から百年以上前の大正六年（一九一七）。京都・三条大橋―東京・上野不忍池間五百十六キロの道のりを三日間、昼夜兼行で走り継ぐ「東海道駅伝徒歩競走」が最初。東海道の飛脚をイメージして「駅伝」という言葉が使われた。

箱根駅伝が誕生したのは、この三年後の大正九年（一九二〇）。太平洋戦争で一時中断したが、戦後の昭和二十二年に復活。以後毎年開催されている。この間、箱根駅伝の選手から多くのオリンピック選手が誕生している。その歴史と実績で人気がある。

今年の駅伝では青山学院大が注目されていたが、下馬評通り青山が圧倒的な力を発揮、箱根駅伝三年連続優勝と大学駅伝三冠という史上初の偉業を達成した。

そのことはさておき、私も若い頃は陸上競技の選手。ただしフィールドと短距離で、長距離は大の苦手だった。まして、駅伝やマラソンなどは、あんな苦しい思いをして、何が面白いのだろうと思い続けてきた。

走ってくる選手の表情を見る。寒い中で、例外なく汗にまみれ、苦悶の表情である。足がけいれんしている選手を見ることもある。タスキを渡したあと､点滴を受ける選手さえいる。そういえば、長崎の原爆被害者とマラソンを重ねた金子兜太の俳句があった。

彎曲し火傷し爆心地のマラソン　　兜太

私の疑問の解明に一つのヒントを与えてくれたのは、五十歳前後の年齢になる長男と長女だった。毎年参加料を払って「小江戸川越ハーフマラソン」の「十キロの部」に参加している。走っているときは苦しみもがき、今にも倒れそうな二人。成績もひどいものだが、次回もまた出る気でいる。「達成感なんだよ」「そうだよね」と二人はいう。そうか、達成感か。そういえば私も一本のエッセーを苦しみながら書く。書き終わると一応達成感を味わう。でもすぐにまた新しいものを書き始める。

箱根駅伝の応援をしながら、周囲を見回した。正月の雑事から逃れて、全国からこんなに大勢の人が応援に駆けつけている。現代の「煤逃」だろう。もちろん私もその一人。それでいて、あえぎつつ懸命に走る選手に向かって「がんばれー」と声援を送る。なんと無責任な…。

（「雪垣」平成29年3月号）

傘寿のひとり言

昨年、傘寿を迎えた。敗戦国民として中国東北部の大連で、餓死寸前になりながら生きながらえた私。新聞記者になって社会部、国際部、中南米特派員など、二十四時間が仕事という不規則で過酷な生活をしてきた私が、大した病気もせずに八十歳になったことは、われながら不思議である。

家内も今年八十歳。二人そろっての傘寿だ。五十歳前後の三人の子供が、中華料理のコース料理で祝ってくれた。子供達の祝いの言葉は「いつまでも元気で」。

当然のことながら人は老いて行く。「いつまでも…」というのは、言葉としてはありがたいが、そうは問屋がおろさない。八十歳を迎えたあと、それは到底無理なことだ、ということが身にしみてわかってきた。

私は、相変わらず二百平方メートルほどの畑を耕し、自治会が主催する高齢者体操の会場設定などのお手伝いをしている。海外勤務の時など、車はイヤというほど運転した。帰国後、運転はもっぱら家内に任せ、数年前には運転免許証を返納した。今は電車、バス、それに自転車と徒歩である。

自転車、徒歩も年々きつくなってきた。動悸、息切れがし、膝の痛みや神経痛が出て、思うように身体が動かなくなっている。

家内にうるさく言われて、昨秋、近くの診療所で十数年ぶりに受けた健康診断。当然、幾つかの項目で異常数値が出た。尿酸値や悪玉コレステロール、血糖値などのほか、肥満や前立腺肥大も指摘された。

「やっぱりね」と家内。

不思議なことに、血圧だけは極めて正常なのである。

医師は「半年後にもう一度検査をして、数値を比較します」と言った。

そして先日、再び血液検査やエコー検査を実施した。結果は前回とあまり変わっていなかった。

「あ、大丈夫、大丈夫。あなたの年齢になれば、誰だってこの程度の数値は出てきます。心配ない、心配ない。特に血圧が全く正常だから心配ない」と医師。

私が住んでいる地区は、高齢化率が四〇パーセント以上という超高齢社会。この診療所に来る人もほとんどが高齢者といっていい。さすがにこの診療所の医師は、年寄りの扱いに慣れている。ホッとする。

私へのアドバイスは「数値を見る限り病的な状況にはなっていないから大丈夫。ただ、体重を五キロほど減らしてほしい。健康検診だけは続けて下さい」。

世間にはいろいろな医師がいる。がん患者に、余命はあと半年などとストレートに宣告する医師もいれば、末期がんであっても患者に希望を持たせるよう励ます医師もいる。最近は前者の方が主流になってきているが、私を担当してくれた医師は後者のタイプらしい。若干の「配慮」が混じっていることは彼の表情からわかる。私の年齢を考慮しての「思いやり」を感じて嬉しかった。

今後も、家庭菜園、自転車に乗るなどで適度に身体を鍛えていきたいと思う。一日一日を、精一杯生きることができれば、それでいい。

さてもう一つ、精神の問題。

最近、公民館や自治会活動に関係することが多くなった。そこで気づいたことだが、頭を使う活動をしてきた人達は、なぜか認知症が少ないことだった。認知症になったとしても、症状の進行が確かに遅い。

そういえば、名のある俳人が認知症になったという話は、あまり聞かない。私がカルチャーセンターの支配人をしている時に、多くの著名な俳人とのお付き合いがあった。今は故人になった方も少なくないが、最後までかくしゃくとしていて、俳句に対する情熱はいささかも衰えず、後進の指導を続ける方が多かった。

幸い、私も俳句を学んでいる。俳句は常に頭を使い、以前に作った俳句の推敲も欠かせない。エッセーを始めとする雑文書きの修行も進行中である。「八十歳にしては、よく旅に出かけるね」と言われる。私が旅に出るのは、旅そのものを楽しむのは当然だが、同時にエッセーや随筆、俳句の材料を得ることも大きな目的の一つなのである。

また、私が住む川越では、五行で書く歌「五行歌」の支部を十八年前に立ち上げ現在も事務局を預かって毎月の歌会のお世話をしている。

ついでに言えば、子供の時、大連で日常的に話していた中国語。公民館にある中国語学級に入り、改めて初歩から勉強し直している。おかげで旅行会話程度なら不自由しなくなった。

記憶力の衰えなど気にならない。受験勉強ではないので、気楽に繰り返していれば、いつの間にか覚えてしまう。「高齢者だから語学など無理」というのは全くの言い訳である。現に私が所属している中国語学級には、私より年上の人が何人かいる。負けてはいられない。

とはいえ、もともと勉強が苦手だった私。さぼり癖はこの年になっても時折顔を出す。体調が思わしくないと、中国語学級も休みたくなる。

そんな時、インド独立の父、マハトマ・ガンジーの言葉を思い出す。

「明日死ぬと思って生きなさい。永遠に生きると思って学びなさい」

このひと言が、私を奮い立たせてくれる。

（「雪垣」平成29年5月号）

蛙の子は蛙

北陸の初夏は実に爽やかである。抜けるような青い空。ある日、内灘へ行った。ここには防風・防砂のためのアカシアの林がある。アカシアといっても、正式名称は「ニセアカシア」。私達が普段目にするアカシアは、多くの場合、ニセアカシアなのだが、「ニセ」という言葉の響きが強すぎるので一般的にはニセアカシアも「アカシア」で通っている。

内灘のアカシアの林では、何人かの養蜂業者がミツバチの巣箱を持ち込み、盛んに蜂蜜を集めていた。頭上では、真っ白な花が甘い香りを周辺にふりまいている。

私の故郷、中国東北部の大連は、街路樹がアカシアだった。一般住宅でもごく普通にアカシアが庭木として植えられていた。清岡卓行の『アカシヤの大連』で知られるようになったが、それよりずっと以前の明治時代から、アカシアは大連の象徴だった。

アカシアの花を眺めていると、視線はその上に広がる紺碧の空に移る。「ああ、この空は、故郷大連につながっている！」と、私の心はいつしか大連に飛ぶ。

アカシアの花大連に続く空　　俊

大連のわが家は昭和二年に父が建てた。私はその家で産まれ、小学四年生まで過ごした。小さなレンガ造りの平屋建てで、当時の売買契約書などによると土地込みで三千九百円だった。今のお金にするといくらになるのだろうか。

この家は、戦後、中国政府に没収された。両親は、いずれ日本政府が補償してくれる、と思い込んでいたらしい。昭和二十二年の引揚の時、持ち物を調べるソ連兵に見つからないよう、母が家族全員の防空頭巾に縫い込んで持ち帰った家の設計図や権利書、土地売買契約書などが、今も私の手元にある。

結論を言えば、母親の努力は無駄になった。日本政府は何の補償もしてくれなかったからである。それでも両親は「いつか必要な日がくるかも」と、価値のなくなった契約書など「証拠書類」を、末っ子の私に預け、他界した。

大連のわが家は、今も健在のようだ。パソコンで衛星写真の「グーグルアース」を開いてみると、見覚えのある平屋の家がちゃんと見える。築九十年。日本の木造建築と違ってレンガ造りだから、今まで生き延びることができたのだろう。何年か前にここを訪れたが、お世辞にも大きいとは言えないこの家に、中国人二世帯が住んでいた。

この家を作った父。引揚後、パチンコ店や食塩製造所などで用務員の仕事をしていたが、昭和三十八年、勤め先の倉庫の階段で足を踏み外して転落、頭を強打し脳内出血であっけなく他界した。七十七歳だった。

兵庫・高砂の小学校を卒業した父は、すぐ大阪・松屋町の商店の丁稚小僧となった。その後大連に渡り、中国人が経営する貿易会社に就職。勤めながら独学で英語と中国語を覚えた。そのせいか、わが家には、中国人、イギリス人などが出入りしていた。普段無口だった父は、外国人が自宅に来た時は水を得た魚の様にいきいきとし、英語、中国語を嬉しそうに話していた。私が四、五歳頃の記憶である。

その後、父はイタリアの船会社にも勤務。イタリア語も話すようになった。わが家に出入りしていた大勢のイタリア人の中の、ポロゼロさんという人に可愛がられた。いつもお菓子をもらっていた記憶がある。

大連生まれの私は、何の抵抗もなく近所の中国人（当時は満人といった）の子供と遊んだ。遊ぶときの言葉は片言の中国語だった。ロシア語は、戦後ソ連軍が大連に進駐してきたとき、隣の家に住んだイワンというソ連兵から簡単な日常会話を教えてもらった。

大学卒業後、新聞記者になっても、国内の取材活動に満足せず、外国を飛び歩いた。大学で学んだ英語、ドイツ語、スペイン語だけでは、世界で取材活動をするには不足であることを痛感。取材先では耳による会話の練習をした。

習うより慣れろ、である。オランダ語、フランス語、ポルトガル語は、何とか簡単な取材はできるようになった。特にポルトガル語は、ブラジルに五年間駐在していたため、不自由を感じない程度になった。

今思えば、外国人が出入りしていたわが家の環境が、今の私を作ったと思う。とにかく言葉の習得は、外国人と話すことが最短の道であることは間違いない。

私には三人の子供がいる。そのうち長男は、電機メーカーのイギリス駐在を十年続け、中途退社してスウェーデンにある日系企業に再就職、CEO（最高経営責任者）をしている。会社では彼以外は全員スウェーデン人なのだそうだ。製紙会社に席を置く次男は、中国語を学び、上海、香港に八年間勤務。今は海外事業部にいて東南アジア各国、インドを走り回っている。

長女は、大学卒後、JTB虎ノ門支店で海外旅行を担当していたが、現在は公務員。ボランティアとして近くで働くブラジル人、ペルー人に日本語を教えている。将来はブラジルで数年間田舎暮しをして、出来れば日本とブラジルの架け橋になりたいと夢を膨らませている。なんと、三人の子供全員が、外国語と外国人に囲まれた生活である。

蛙の子は蛙。大連にルーツを持つわが家のDNAがなせる業らしい。

（「雪垣」平成29年8月号）

あとがき

この本は、平成十三年四月から同二十九年八月まで、十七年間にわたり、私が所属する俳誌「雪垣」のエッセー欄、「渓流」「森の風」に掲載した百九十六篇の中から五十篇を選んでまとめたものである。

エッセイストの端くれとして、自分が書いたエッセーを一冊の本にまとめておきたかった。それは私がこの世に残すことができる「私の生きた証」と思うからだ。念願の本が出来上がり、小躍りしたくなるほど嬉しい。

私は新聞記者出身である。新聞記事は足で書け、と先輩記者から叩き込まれた。これらのエッセーもまた、私自身が現場を踏み、この目で確かめたことを中心にしたものである。

「雪垣」は、俳句結社の会誌。ここに掲載したものは、当然俳句に関係するものが多いが、たまに息抜き的に、俳句と関係ないものも入っている。だから、この本の各篇は独立したものだから、どこから読んでいただいても構わない。

エッセーの提唱者、フランスのモンテーニュはその著書『エセー（Les Essais）』（原二郎訳、岩波文庫）の中で、こんなことを書いている。

「もしも世間の好評を求めるためだったら、私はもっと装いをこらし、慎重な歩き方で姿を現わしたことだろう。私は単純な、自然の、平常の、気取りや技巧のない自分をみてもらいたい。というのは、私が描く対象は私自身だからだ」

私が書いたものがそこまで徹底しているかどうかは、はなはだ心もとない。しかし、少しでもそれに近づけたい、と思いつつ書いたことだけは確かである。書きたくない、恥ずかしいこともあえて書いた。その上で、私が何を考えて生きてきたかを行間から読み取っていただければこれ以上の喜びはない。

この本に収録した五十篇の選択は、俳句結社「雪垣」副代表、中西石松氏のお手を煩わせた。中西氏は、以前書店経営者であり大変な読書家である。文について人一倍お詳しいことはいうまでもない。また、出版に関しては、私の第二句集『鰤起し』に続き、マニュアルハウスの岡田政信社長の全面的な協力をいただいた。

共に深い感謝の意を表したい。

令和元年九月

谷川　俊

著者略歴

谷川　　俊（たにがわ　たかし）

昭和 11 年　中国東北部・大連市に
　　　　　　生まれる
昭和 22 年　日本（兵庫県）に引揚げ
昭和 35 年　東京大学教育学部卒
　　　　　　読売新聞記者となる
平成　4 年　「雪垣」入会
平成 12 年　「雪垣」同人
　句集に『帰る雁』『鰤起し』

現住所　〒 350-1109　埼玉県川越市霞ヶ関北 4—2—1
　　　　電話　049-231-9436
　　　　E-mail tanigawa.421 @ nifty.com

子規の句碑

令和元年九月十日　初版一刷　発行

著　者　谷川　俊

発行者　岡田政信

発行所　マニュアルハウス
〒番号　九二九－一三三二
石川県羽咋郡宝達志水町北川尻七－二八
電　話　〇七六七（二八）四二五六
ファックス〇七六七（二八）四二五六

印刷所　モリモト印刷株式会社

定価はカバーに表示してあります。

ISBN978-4-905245-13-1 C0095 ¥1500E